徳間文庫

一番長いデート

赤川次郎

徳間書店

目次

一番長いデート　5
孤独な週末　111
殺してからではおそすぎる　231
解説　山前　譲　261

一番長いデート

不公平について

坂口俊一《さかぐちしゅんいち》は、恋人との待ち合わせの場所へ、重い足取りで向かっていた。

「重い」は「軽い」の間違いではないかと言われそうだが、俊一の場合は、足取りが重かった。しかも目的地が近づくにつれ、ますます重くなって、ついには、アスファルトに食い込むほど——は、大げさだが……。

それも無理もないというもので、俊一が今からデートする相手は、自分の恋人ではなかったのだ。

坂口俊一は私立大学の一年生。しかし、同じ学年の女子学生などから、よく、「坊っちゃん」「お坊っちゃま」などとからかわれる。

俊一とて、自分が若く——正確に言うと、幼く——見られるのも仕方ないとは思っている。

背も低いし、スタイルはそう悪くないけれど、大体が小柄で、ちんまりしている。

しかも童顔。

丸っこい顔に、メガネをかけている。かなりの近視である。

これで、頭の方がずば抜けて優秀とか、何かスポーツが得意とか、ピアノが巧《うま》いとか、ひとつでも人より抜きん出たものがあればいいのだけれど、残念ながら俊一の成績は、高校時代からずっと、下から数えた方がかなり手間が省《はぶ》けるという状態。

スポーツもからきしだめで、いまだに泳げない。平衡《へいこう》感覚に問題があるのか、自転車にも乗れない。一度、高校生のときだったが、クラス対抗のソフトボール大会に出て、奇跡的にヒットを打ち、得意になって、三塁方向へと全力疾走した……。

歌っては音痴を証明し、年に三度は財布か定期入れを落とすというのが特技というのでは、およそ女性にもてず、かつ人望もないのが当然であろう。

今の私立大にしても、父親が裏からあれこれ手を回してくれて、やっと入学したというのを、俊一自身、よく知っている。

もちろん、父親も母親も、俊一にそんなことを言いはしないが、俊一はちゃんと、大学関係者の誰やらに母親が電話しているのを聞いているのである。

しかし、俊一はだからといって非行に走るようなことはない。もともと自分の実力を知っているから、これも世の中を渡って行くには仕方ないことなのだと思っているのである。

俊一のいい点は、ともかく人の良さというか、子供の頃から、誰とでも遊んで喧嘩《けんか》しないという、性格の素直さであろう。それは裏を返せば、何かを頼まれると断り切れないという気の弱さでもある。

そういう性質《たち》は、あまり他人から高く評価されることはなく、ただ馬鹿にされ、利用されることばかりが多い。

それでも、俊一は決して、世間を恨《うら》みはしなかった……。

今日のデートだって、その口で、同級の竹本洋一郎《たけもとよういちろう》から、

「今夜、オレ、うっかりしてデートふたつ約束しちゃったんだよ」

と言われたのである。

「だから、ひとつお前に譲るからさ」

人の恋人とデートして、どこが面白いもんか。馬鹿にするのもいい加減にしろ、と怒鳴《どな》ってやりたかったが、俊一は、

「うん、ありがとう」

と礼まで言っていたのである。

竹本は二枚目で長身、さっそうとしていて、女の子なんか磁石に吸い寄せられる鉄

片のごとくくっついて来る。

しかも、その手の二枚目が頭の方は空っぽだという常識に反して、竹本は成績も良く、いつ勉強するのかとみんなが首をひねるくらい、まめに女の子と付き合っているくせに、テストではトップを争っているのだった。

おまけに父親は大企業の社長で、車はいつも赤いポルシェ。

「あんなの、垢抜《あかぬ》けしてないわよ」

といいながら、女の子は、ついつい竹本の周囲に群がっていく。

俊一とて、車の免許を取ろうと、教習所へ通ったことはあるのだが、発進停止に一週間を費やし、教官にののしられて、やめてしまった。

人生は不公平に出来ているということを、俊一は十八歳の身で、いやというほど知りつくしているのだった……。

「まったく、竹本の奴もいい加減だよ」

と、ブツクサ言いながら、新宿の地下道を歩いていたのだが……。

「あれ？」

俊一は、キョロキョロと周囲を見回して、

「俺、どこへ向かって歩いてんだろう？」

と呟《つぶや》いた。これで女性にもてるはずがないのである。

ところで、もうひとり——というか、ひと組だったが、人生の不公平さを嘆いている男たちがいた。

——今にも崩れそうな居酒屋が軒《のき》を並べた横丁の、その一軒。

どの店も、倒れずに済んでいるのは、お互《たが》いよりかかり合って、互いを支えているのかもしれない。だから一方の店があまり込んで来ると、隣の空いた店へと客を回すことがあるくらいだった。

重量のバランスが崩れると、どっちの店も倒れかねないからである。

二階の座敷——といっても、ほとんどござに等しい畳に、ふたりの男が座っていた。

ふたりの間には、なぜか脚の長さが違っていて、ガタつく座卓がある。

その上に、一丁の、黒光りする拳銃が置かれていた。

「はい、ビールね」

と、店の女主人が階段をミシミシいわせて上がって来る。

「——何だか今日は元気ないじゃない、ふたりとも」

「うるせえや」

と、小柄な方が言った。何となく、いつも「灰色」というイメージで、といって、政治がらみの「灰色高官」のような大物ではなく、いつも、くすんで薄汚れた感じがするので、灰色に見えるのである。

「まあ一杯やんなさいよ」

と、女主人はコップへビールを注いで、

「あら、モデルガン？　カッコいいじゃない。私、大好きなのよ」

ヒョイとその拳銃を手に取ると、ふたりへ銃口を向けて、

「バン、バン！」

と言った。

「やめろ！」

ふたりがあわてて頭を低くして畳に這《は》いつくばった。女主人はカラカラと笑って、

「やだ、ふたりとも本物みたいに怖がって。そんじゃね、ごゆっくり」

階段を降りかけ、

「ゆっくりするなら、もう二、三本は取ってよ！」

「――ケチな女だな」

と、やっと起き上がった「灰色」が言った。

もちろん名前は「灰色」ではない。

「ああびっくりした」

もうひとりが息をついて、

「本物なのに、この銃は」

もうひとりの方はぐっと大柄で、この二階へ上がるのにも慎重を要するタイプだった。ふたりとも、まだそんなに年齢は行っていない。せいぜい三十そこそこであろう。

「ねえ兄貴」

と、言ったのは、でかい方だから、何だかおかしい。

「何だよ」

「ビール飲もうぜ」

「お前はいいよ、食うか飲むかしてりゃ幸せなんだから」

ふたりは二本のビールを大切そうに、少しずつ飲みはじめた。

「兄貴。――どうすんだい？」

「何を？」

「こいつだよ」

と、目の前の拳銃を指さす。

「やる他ないじゃねえか」

と、灰色の方がやけっぱち気味に言った。

「俺たちで？」

「そうさ。そういう命令だ」

「だって……俺、こんなもん、使ったこともないぜ」

「俺だってそうだ」

弟分の大きい方が目をパチクリさせて、

「あれ？　いつか出入りで何人も撃ち殺したって言ってたじゃないの」

「あ、あれは、お前……ちょうどその日は……病気で寝てたんだ」

兄貴分の灰色の方はエヘンと咳払《せきばら》いして、

「ともかく、こいつを巧くやりとげりゃ、俺たちの格もぐっと上がるってもんだ」

「生きてりゃ、だろ」

大きい方は、だいぶペシミスティックな性格らしい。

「いやなことを言うなよ。ビールがまずくなるぜ」

「だって……あんな大物を、みんなの目の前で撃ち殺して、逃げられると思うかい？」

「知るもんか」

「逃げらんなきゃ捕まっちまうんだぜ」

「捕まりゃいいよ」

と、灰色の方がグイとコップを空にした。

「何年か刑務所へ入って、ハクがつくってもんだ。——最悪なのは、向こうの連中に捕まったときさ。なぶり殺しに合うぜ、きっと」

「俺、あんまりなぶり殺されんの好きじゃねえよ」

「俺だってそうだ」

ふたりはしばらく黙り込んだ。

そして、まるで拳銃がパッと消えてなくなってくれないかと願うように、ふたりして、じっと拳銃を見つめていた。もちろん、消えるはずがない。

「——もし、しくじったら?」

と、弟分の方が言った。

「さあ、やっぱりなぶり殺しかな」

「どっちにしても救われねえのか」

「そういうこった」

「逃げちまおうか」

「馬鹿言え！　どこへ行くってんだ？　金もないのに」

「じゃ……警察に行って話してみたら？」

「裏切者はもっとひどい目にあうぜ」

「それじゃ、警官になろうか」

いいアイデアだと当人は思ったらしいが、兄貴分の冷ややかな視線に出会って、頭をかいた。

「結局、俺たちみたいな下っ端がいつも苦労するのさ」

と、灰色の方が、あきらめ切ったような調子で言った。

「誰か代わりにやってくれねえかなあ……」

と、大きな方がグチリながら、一気にコップを空にした。

「――おい」

灰色の方が、何やら思い付いたようで、顔を上げた。

「お前、今何て言った？」

「え？」

「誰か代わりに、か……。それだ！」

大きい弟分はキョロキョロと回りを見回して、

「どれだい？」

ときいた。

「馬鹿！　いいか、何も俺たちがやらなくたって、誰か代わりにやる奴を見つけりゃいいんだ！」

「そんな奴、いるかなあ？」

「いやでもやらせりゃいいのさ」

と、灰色の兄貴分が言った。

「いいか、俺にちょっとしたアイデアがあるんだ……」

と話しかけて、階下の方へ、

「おーい！　ビールあと二本！」

と怒鳴った。

誘拐について

まったくもう……。

竹本君ったら、どういうつもりなんだろう？　いくら急用ができたからって、こんなのを代わりによこさなくてもいいじゃないの！

池沢友美《いけざわともみ》は、いい加減、頭に来ていた。確かに、そのロックコンサートは、何としても行きたかったから、竹本から切符があるから行かないか、と誘われたとき、友美は飛び上がって喜んだ。

しかし、友美が楽しみにしていたのは、ロックコンサートだけではなかった。――その後、竹本とふたりで過ごす時間も、楽しみの内に入っていたのである。

ところが……待ち合わせの喫茶店に、いつまで待っても竹本は現れない。そして、三十分も遅れて、息せき切ってやって来たのが、坂口俊一だったのである。

友美も同じ大学の学生だから、俊一のことを知らないわけではなかったが、それは

ただ刑事から、死体を見せられて、

「この人を知ってますか?」

ときかれれば、

「知ってます」

と答える程度の「知り合い」に過ぎなかった。

ましてや、友だちになどしたくもなかったし、デートするなど、考えてもみなかったのだ。

しかし、俊一が竹本に頼まれたというので、友美もしぶしぶ付き合うことにしたのである。

ロックコンサートそのものは、まあ期待に反しないものだった。しかし、楽しさも、隣の席がいとも静かで、手拍子も取らなきゃ、熱狂もしないというのでは、半減どころか十分の九ぐらいは減じてしまった。

かくて、会場のホールを出て、まだ興奮さめやらぬ女の子たちが、キャーキャーと声を上げながら歩くのに混じってぶらつきながら、友美はいたって不機嫌なのだった。

「凄《すご》い音だなあ」

俊一は頭を振って、

「まだ耳鳴りがする」

「ロックならあれぐらいで鳴らさなきゃ」

と友美は言った。

「あんまり聞かないの、ロック？」

「うん……。今夜がはじめてだ」

「いつも何を聞くの？」

「モーツァルトとか、ハイドンの弦楽四重奏曲とか……」

こりゃだめだ、と友美は思った。てんで話になんないわ。

「もう帰りましょうか」

と、友美はハンドバッグを振り回しながら言った。

「そう……だね」

と、俊一はためらっている。

「どこに行く？」

「あ……あの、言われてるんだ、竹本に。後で公園を散歩しろって」

友美は呆《あき》れて、

「そんなことまで予定に入ってんの？」

「まあ、君次第で好きにしていいよ」

「公園に行って、何やるの？」

「さあ。君、知らないの？」

どうだろうね、この男。——こんな季節のこんな時間に公園へ行きゃ、アベックだらけに決まってる。

けっこう、純情ぶってるけど、ワルなのかしら？　友美は、ちょっと興味が湧《わ》いて来た。

「そうね。じゃ、公園に行って、お話でもしましょうか」

「うん」

俊一はホッとした様子で言った。

「その後で、家まで送れって言われてるから」

予定通りに進まないと不安になるたちなのである。

——案の定、公園はアベックの山だった。山というのはオーバーかもしれないが、ともかく、ベンチは全部一杯、そこここの茂みの奥や、芝生の上では、恋人たちの語らいがくり広げられて、壮観だった。

「——どうしたの？」

と、友美は言った。

俊一がしきりに額《ひたい》の汗をぬぐっているのだ。

「いや……別に……何でも……」

声がこわばっている。

友美は笑いをかみ殺した。どうやら、俊一は、てんでこの方面は遅れているらしい。

からかってやるのも面白いかもしれない。さんざん退屈させられたんだから、これぐらいは楽しませてもらわなきゃね！

うまい具合に、ベンチのひとつが空いた。そのアベックは、たぶんホテルにでも行くんだろう。

「座りましょうよ」

と友美は言った。

俊一もホッとした様子で腰をおろしたが、何しろ、並んでいるベンチはどこもラブシーンの真っ最中。気が気でない点は、あまり変わらない。

「坂口君」

と、友美は言った。

「え?」

「次の予定は？」

「予定？」

俊一は、ちょっとポカンとして、

「ああ……つまり……後は帰るだけだよ」

「そうじゃなくて。——ここに来て、ただ座ってろって言われたの？」

「まあ……適当に話でもして……」

「竹本君の代わりに来たんでしょ、あなた」

「一応は」

「じゃ、竹本君の代わりをつとめなきゃ」

「僕は、あいつみたいに話がうまくないから——」

「こんな所へ来て、竹本君だったら話なんかしないわよ。回りを見てごらんなさい。ちゃんとお手本が一杯あるわ」

友美はぐい、と俊一の方へにじり寄った。俊一がギョッとして息を呑《の》む。

「ねえ、まずキスから……」

からかってると思うと、楽しい。友美は、自分から俊一の頭を両手でかかえて、ムードたっぷりにキスした。

俊一の方は目が回りそうな顔で、

「ねえ……それは竹本にやってよ。僕は代理なんだから……」

「代理だったら、ちゃんと竹本君と同じことをしてくれなきゃ」

「竹本、いつもこんなことしてるの？」

「そうよ。知らないの？」

俊一はメガネをかけなおすと、

「で、でも……こういうことは代理のきかない性質のもんじゃない？」

「あら、そんなことないわ」

友美はもう一度俊一にキスしながら、

「私、前から坂口君って興味あったんだ」

我ながらよくやるわ、と友美は思った。

「ねえ……ちょっと……」

俊一はメガネが落っこちそうになって、あわてて身体《からだ》をずらそうとした。

逃がしてなるものか、とばかり、友美が俊一を抱きしめた。——俊一とて男である。しかも友美はキャンパスでも目立って美人のひとりで、スタイルも抜群にいい。その友美に抱きつかれたら、いい気分にならない方がどうかしている。

おずおずとぎこちない手つきで、友美の背中へ手を回す。——友美がその手をつかんで、自分の足の方へ持って行ったから、俊一は驚いた。

「だ、だ、だめだよ、そんな……」

「あら、みんなやってるわよ」

友美は熱っぽく囁《ささや》いた。

「ねえ、私とどこかに泊まらない?」

俊一はもう、何が何だかわからなくなっていた。頭に血が上《のぼ》って、ポーッとしている。

「う、うん、いいよ」

何だかわけのわからないままに答えた。

急に友美は俊一を突き放して、大声で笑い出した。

「やあねえ! 本気にしたの? 馬鹿みたい!」

と笑いながら、

「ほんの冗談よ! それじゃ、バイバイ!」

パッと立ち上がって、さっさと歩いて行く。

「——ああ、面白かった」

公園の中の道を歩きながら、友美は口笛など吹きはじめた。追っかけて来るかな？

後ろを振り向きながら歩いていた友美は、誰かとぶつかった。

「あ、ごめんなさい」

目の前に立っているのは、えらい大男で、何だかちょっと柄の悪い感じだった。

「すみません」

ともう一度謝って、わきを回ろうとすると、大男がそっちをふさぐ。右へ行けば右、左へ行けば左。

「ちょっと、通して下さい」

と友美は言った。

「おとなしくしな」

と、大男は言った。

「何ですって？」

「けがしたくなきゃな」

「その通り」

今度は後ろで声がした。振り向くと、こっちは小柄な男が立っている。だが、その手には拳銃が握られていた。

「お、お金ならこのバッグに……」

「そうじゃないんだ。——連れは？」

「連れ？」

「まさかひとりじゃあるめえ？」

「連れは……後から……」

「そうかい。じゃ、そのバッグをよこしな」

小柄な方が、バッグを引ったくると、

「おい、連れてけ」

と大男に言った。

「あいよ」

大男が、友美の腕をねじり上げた。

「痛い！ やめて！」

「折られたくなきゃ、このまま黙って歩くんだ」

「わかった。——歩くわ。——歩くから——」

大男が、友美を、歩かせて行ってしまうと、小柄な方の男は、後に残って、彼女の「連れ」が来るのを待った……。

——一方、ベンチに取り残された俊一は、しばらくは、火の出るような恥ずかしさと自己嫌悪で、立ち上がることもできなかった。

冗談に決まってるのに……真《ま》に受けて、あんな馬鹿なことをしてしまった。

本当なら、友美に怒りを感じても当然だが、そこが俊一らしいところで、何もかも自分が悪いのだ、と、いじけてしまうのである。

「——そうだ」

俊一は立ち上がった。予定だ！

彼女を家まで送らなきゃ。そこまで自分の責任なのだ。

俊一はあわてて、友美の後を追って歩いて行った。

「——ちょいと」

と声をかけられて足を止める。

「連れを捜《さが》してるのかい？」

見たことのない、小柄な男だ。

「何ですか？」

「このバッグは、彼女のじゃないか？」

俊一はそれを受け取って見たが、女の子がどんなバッグを持っていたかなんて、まるで憶《おぼ》えていない。中を開けて、手帳を見つけ、開いてみると、確かに池沢友美とあった。

「ああ、彼女のだ。どこかに落ちてたんですか?」

「お前の恋人は預《あず》かったよ」

「――え?」

俊一はポカンとしてきき返した。

「預かった?」

「そうさ」

「何を?」

「お前の彼女をだ」

「彼女を? ――誰が?」

小柄な男はイライラして来たらしい。やおら拳銃を抜くと、

「これでわかったか? 本物だぞ!」

と、俊一につきつけた。――俊一はコックリと頷《うなず》いた。

「つまり、お前の彼女をかっさらったんだ」

「誘拐したってこと?」

「そういう言い方もあるな。——いいか、お前も、可愛い彼女がさんざんもてあそばれたあげくに殺されて帰って来るところなんか見たくあるまい?」

「そりゃまあ……そうですね」

「じゃ、俺たちのために、ちょいとひと働きしてもらうぜ」

「僕が?」

「説明してやる。ついて来な。ああ、それから——」

と、男は俊一の胸をつっついて、

「警察なんかへ知らせやがったら、即座に彼女を殺すから、そう思えよ」

俊一は頷いた。——こんな事件は予定に入ってないよ!

義務について

「ねえ、いいんだろう、今夜は、帰らなくたって……」

竹本洋一郎《たけもとよういちろう》は、弓恵《ゆみえ》を抱き寄せながら、そっと囁《ささや》いた。

「だけど……」

弓恵の方も、別に逆らってはいない。

「大丈夫？　お母さんが上がって来ない？」

「平気、平気。お袋は早く寝ちまうから。そしたらゆっくり……」

と竹本は弓恵にキスした。

「だって……朝になったら、どうするの？」

「ちゃんと早く起こしてあげるよ。そういう点、僕は目覚し時計並みに正確なんだぜ
……」

「だって……もし、起きられなかったら？」

「窓から逃げるのさ」

「裸で？」

「そう。牛乳屋が喜ぶ」

弓恵はクスクス笑った。

「ベッド、狭すぎない？」

「そこがいいとこさ。太平洋みたいなでかいベッドなんて、出会うだけで大変だよ」

「それじゃ……本当に一回だけよ」

弓恵だって、最初からここへ泊まって行く気である。今度は自分の方から唇を寄せて行く——と、ドアの外で、

「洋一郎」

と、母親の声がした。

「な、何だい？」

「電話だよ、お前に」

「電話？　誰から？」

「坂口って人。男の子だよ」

「坂口？」

竹本はしばらく考えて、

「ああ、あいつか」

ひどい友だちもあったものだ。

「すぐ戻るよ」

と、弓恵に微笑《ほほえ》んで見せて、部屋を出る。

一階へ降りて、電話へ歩み寄ると、

「――はい、竹本。――おい、何だよ、いいところを邪魔しやがって――」

「それどころじゃないんだよ！」

と、俊一の声はうろたえていた。

「大変なことになったんだ！」

「何だ！」

「それが……ちょっと電話じゃややこしくて話せないんだ」

「じゃ、明日大学で聞くよ」

と電話を切ろうとする。

「だめだ！　すぐに来てくれ！」

「何だって？　どこへ？」

「君の家の近くにいるんだ。ええと――あ、〈J《ジェイ》〉って店が見える。そこに来てくれよ」

「何だよ、一体？　こっちは大事なところで――わかった、わかったよ。すぐ行く。――ああ、すぐ出るよ」

やれやれ、と竹本はため息をついた。あいつ、何かへマやって、友美を怒らせたのかな。――まあ、友美にはどうせちょっと飽《あ》きが来てたんだ。

それとも――まさか、あいつ友美とやったんじゃないだろうな？

「まさか！」

と竹本は笑って呟《つぶや》いた。

二階へ行って、弓恵に、すぐ戻るから、と言っておいて、家を出た。

〈J《ジェイ》〉というスナックまでは、ほんの二、三分である。店に入ると、奥のテーブルで、俊一が、シュンとした様子で――ということは、いつもと同じような様子で――座っていた。

「コーラ」

と声をかけておいて、

「おい、どうしたんだよ？」

とドカッと座る。

「えらいことになったよ」

と、俊一は情《なさけ》ない声を出した。

「話してみろよ。友美はいい奴だぜ。少々腹を立てるようなことをしても、明日になればケロッと忘れてる。心配しなくても大丈夫さ」

「そんなことじゃないんだよ」

と、俊一はため息をついた。

「話してみろって」

竹本はコーラをグラスへ注いで、言った。

俊一はポケットをさぐると、拳銃を取り出してテーブルに置いた。

竹本は、ちょっとの間、ポカンとしてそれを眺めていたが、

「へえ、お前、モデルガンの趣味があったのか」

と手をのばした。

「よせ！」

俊一がその手を押さえた。

「本物なんだよ！」

竹本は呆気《あっけ》に取られた。俊一はつづけて、

「彼女が誘拐《ゆうかい》されたんだ」

と言った。


「――じゃ、何か？　そいつらが、友美を取っ捕まえてて……」

「この拳銃で、ある男を殺して来なきゃ、彼女を返さないって言うんだ」

「そんな馬鹿な！」

「本当なんだから仕方ないよ」

俊一は頭をかかえる。

「どうすりゃいいんだ？　警察へ電話すりゃ彼女を殺すって言うし、だからって、人を殺せると思うかい？」

「待てよ、おい……」

竹本は俊一を押さえて、

「一体誰を殺せってんだ？」

「うん。どこかの社長だよ。名前は忘れちゃった」

「忘れた？」

「いくら言っても僕が憶えないんで、向こうも頭へ来たらしくてね、手帳にメモさせたんだ。——ええと……」

と手帳を開く。

「待て！　おい、やめろ」

と竹本がその手帳をパタンと閉じさせた。

「何だい？」

「聞きたくない」

「だって——」

「いいか、俺はお前に頼んだはずだぞ。彼女を家まで送り届けてくれって。違うか？」

「うん、そりゃまあ……」

「それを、そんな連中にさらわれたのは、お前の責任だ！」

「……ごめん」

「俺は知らないぞ。お前が考えろ。俺は——俺はお前に頼んだ。お前は引き受けたんだからな」

竹本は立ち上がった。

「ともかく、俺は知らないよ。やるならお前がやってくれ。そんな物騒な仕事はごめんだよ。——俺は、行くぞ」

竹本は、コーラ代をテーブルへ投げ出すと、スナックを飛び出して行ってしまった。

俊一は、しばらくぼんやりと、テーブルの上の拳銃を見つめていた。

竹本の奴……。

言おうと思えば、いろいろと言うことはあったのだ。——自分の恋人が誘拐されたというのに、何だ、あの態度は！

大体、デートを他人へ押しつけるだけだって、ふざけた話だ。その上、何かありゃ、他人の責任だと言い出す。

あんな奴だとは思わなかった。

それに、友美だってそうだ。あんな所で人をからかって！

当然の報《むく》いじゃないか。そうだとも。——放っときゃいいんだ。

あの連中だって、ああやっておどかしちゃいるけど、なに、本当に殺しやしないさ。

誘拐だけだって大変だ。それに殺人と来りゃ、絶対に死刑だものな。おどかしだ。やるはずがない。

そうだ。このまま放っとけば、きっと諦《あきら》めて友美を放して帰すだろう。

まあ、その際、ちょっと手荒なことがあったとしても、その程度は不運と諦めるほかない。交通事故にでもあったと思って……。

よし。もう帰ろう。

心を決めて、俊一は立ち上がった。

拳銃をポケットへしまい込み、金を払って、スナックを出た。

――竹本の奴、いい気なもんだ。どうせ今ごろは別の女の子とよろしくやってるんだろう。

こっちはさんざん心配して……。もういい！　考えるのはやめだ！

俊一は、足を早めた。家へ帰って、モーツァルトを聞こう、とそれだけを考えていた……。

翌朝、俊一は、母親に起こされるまで目を覚まさなかった。

珍しいことだった。大体、俊一は起こされなくても目を覚ます。昨夜、ちょっと疲れたのかもしれない。

「あーあ」

ベッドに起き上がって、大欠伸《おおあくび》をする。

「ゆうべは遅かったのね」

と母がカーテンを開けながら言った。

「うん……。ちょっと用があってね」

と、俊一は言った。

「女の子と出かけたんですって？」

「同じ大学の子さ」

「いい子なら一度家へ連れてらっしゃいよ」

「そんなんじゃないよ」

と、俊一は笑って、メガネを取ってかけた。

これで初めて目が覚めるのである。

「変な夢見ちゃった」

とベッドに腰かけたまま、俊一は言った。

「あら、どんな夢？」

「うん……。デートしてた恋人がね、誘拐されちゃうんだ」

「まあ怖い」

「で、変なチンピラが出て来てね。彼女の命を助けたかったら、ある男を殺して来いって言うんだよ。そして本物の拳銃を僕に持たせてね……。ずっしり重くて、ひんやり冷たくてね」

「恋人が？」

「違うよ、拳銃さ」

「ああ。――朝食べて行くんでしょ？」

「うん。それから僕は帰って来て、拳銃をこの引出しへしまうんだよ」

俊一は机に歩いて行って引出しを引いた。

「そして、寝ようと――」

俊一は口を閉じた。

引出しの中には、本当に拳銃が入っていたのである。

そうだった！　あれは夢じゃない。事実なのだ。

友美は誘拐された。そして……。

母親はもう部屋を出ていた。俊一は、あわてて引出しを閉めると、顔を洗って服を着た。

「あら、今日はずいぶん支度《したく》が早いのね」

ダイニングキッチンへ入って行くと、母親が言った。

「今、ゆで卵をつくってるからね」

「うん……」

俊一は、テーブルについて、畳《たた》んであった新聞を手に取った。社会面をめくった俊一は、一瞬、息が止まるかと思った。

〈女子大生、死体で発見！〉

という見出しが目に飛び込んで来たのである。

だが、よく読むと、それはもちろん友美のことではなかった。もう何日も前から、行方《ゆくえ》不明になっていたそうである。

やれやれ。――友美、今ごろどこに監禁《かんきん》されてるんだろう？

それとも、あの男は、もう友美を殺してしまったかもしれない！　死体が発見されるのはずっと先になるとしても……。

しかし……俊一は、やっと友美の家族のことに頭が回るようになった。

昨夜は、友美は帰宅しなかったのだから、さぞ大騒ぎしているに違いない。両親の心痛を思えば、竹本や友美への、少々の腹立ちなど消えてしまう。

何とかしなくては……。しかし、何ができるだろう？　あんな拳銃を持って歩けるもんか！　そして人を殺すなんて……。

どうしたらいいんだ？

「ちゃんと送ってあげたの？」

と母がコーヒーを注ぎながら言った。

「え？　何が？」

「ちゃんとその女の子を家まで送ったのかってこと」

「ああ……そりゃもちろんそうだよ。送ったよ」

「ならいいわ。やっぱり男の子は、ちゃんと女の子を送り届けるのが義務だからね」

母の言葉が、俊一の胸にグサッと刺さった。

そうだ。僕は彼女をまかされていたのだ。それなのに、放り出してしまった。——僕は何てことをしてしまったんだろう。

「——どうかしたの？」

と母が言った。

「い、いや、別に……」

俊一は、ゆっくりとコーヒーをすすった。——そうだ。何とかして、彼女を助け出さなくちゃ。そして彼女の家まで送ってやるのだ。

それでやっと〈デート〉は終わるのだからな……。

俊一は、食事を早々と済ませると、二階の自分の部屋へ上がり、ドアを閉めて、それから拳銃を出した。

モデルガンがいいのか、本物が安っぽいのか、こうした明るい光の中で見ると、これがそんなに凄《すご》い凶器とは思えない。

さて、まずどうすればいいだろう。

俊一は、手帳を開いてみた。——殺すべき相手の名前が書いてある。

〈浜矢功夫《はまやいさお》〉

どこかの会社の社長らしい。その場所も、ちゃんとメモしてある。

ともかく、ここへ行ってみよう。——まあ、それで何か役に立つとも思えないが、少なくとも、気休めにはなる！

浜矢功夫か。——たぶんあの連中が狙《ねら》うんだから、どうせこっちもまともじゃあるまい。

それなら遠慮なく一発お見舞いして……。

そんな真似ができりゃ、ね。

俊一はため息をついて、外出の仕度をした。そして、ちょっとためらったけれど、拳銃を一応、上衣《うわぎ》の下へ忍ばせる。

暴発して死ぬのはいやだぜ、と俊一は、拳銃に念を押した。拳銃も、さすがに緊張しているようで、黙っていた（当然だ）。

殺人について

俊一は、浜矢功夫の会社の入ったビルを見あげた。

「へえ、結構立派だなあ」

と、呟く。

友美をさらった連中の仲間なんだから、会社の社長だといったって、どうせ怪《あや》しげな、名前だけの会社なのに違いない、と思っていたのである。

それが、こうして来てみると、一応、ちゃんとした十階建てのビルに入っていて、しかも、ビルの名前からして、ビルそのものが、浜矢という男のものらしかった。

今じゃ、会社社長ったって、信用できないんだなぁ、と俊一はのんきに感心していた。

「ええと……」

ビルの入口の案内板を見る。五階までは他の会社が入っていて、六階から十階までが浜矢の会社らしい。社長室ってのはどこなんだろう？

たいてい、一番上の階にあるもんだが。

いちおう、受付に行ってみよう、と俊一は歩き出した。エレベーターの前で待っていると、扉が開いて、男がひとり、降りて来た。汗っかきらしく、ポケットからハンカチを出して、額《ひたい》を拭《ぬぐ》って歩いて行く。

その拍子に、ポケットから名刺が一枚、落ちた。俊一は気付いて、

「あのー」

と言いかけたが、相手は急ぐのか、足早に行ってしまった。俊一は、名刺を拾うと、ろくに見もせずにポケットへ放りこんだ。

エレベーターで十階へ上がってみる。——命を狙われるほどの大物の部屋だ。さぞ、屈強な連中が守ってるんだろうな。

俊一は、サイズが合わなくて、チンチクリンな感じの上着の下の、拳銃の重みに参っていた。参っていた、というのは、仕方なく、ズボンのベルトにはさんであるのだが、なにしろ重たいので、ズボンがそっちの側だけ、下がって来るのだ。なんとも具《ぐ》合《あい》が悪かった。

十階で降りると、目の前にズラリとガードマンが——並んではいなかった。

広々として、床はピカピカに磨きあげられ、明るくて、まさに近代オフィスの見本みたいである。もっとも、目に入る人間といえば、目の前の受付に座る美女のみであった。

「いらっしゃいませ」

とにこやかにやられると、俊一のほうが当惑する。

「どうも……」

俊一はためらいがちに言った。

「あの――社長さんにお目にかかりたいんですが」

「どちら様でいらっしゃいますか？」

「は……あの……」

と言いかけて、さっき拾った名刺のことを思い出した。

「あ、こ、こういう者です」

と、名刺を差し出す。

「〈O物産〉の長屋様ですね。少々お待ちください」

受付の女性は席を立って、奥へ消えた。

俊一は、ここまでやって来たものの、どうすればいいのやら、まるで見当もつかなかった。

どたん場にならないと何もしないというのが、俊一の悪いくせだ。これまでは、それでも何とかなって来たのである。しかし今度ばかりは……。

それにしても、この閑散《かんさん》とした受付。

殺し屋（?）が来たっていうのに、ボディガードひとり出て来るでもない。どうなってるんだ?

「お待たせいたしました」

と秘書が戻って来る。

「どうぞお入りください」

「え?」

俊一は思わずきき返した。

「入っていいんですか?」

「はい。どうぞ」

受付の女性は、不思議そうな顔で俊一を見ている。――訪ねて来て、入れと言われてびっくりしているのだから、なるほど妙なものだ。

しかし――この格好、どう見たって、〈O物産〉のなんとか氏に見えるはずがないではないか！　どうなってんだ、ここの受付は？

仕方なく——というのも変だが——俊一は社長室のドアを恐る恐る開けた。

「——さあどうぞ。入ってください」

と、えらく奥のほうから声がした。

入口はここだが、隣のビルぐらいまで続いてるのかしら、と俊一は思った。入ってみると、一応、このビルの中に、相手の席があることは分かった。しかし、確かに、ずいぶん奥の方である。

「さあさあ、入ってください」

と、その男は愛想良く言った。

「失礼します」

俊一は、ぶら下がりそうなズボンをよいしょと持ち上げながら、その男のデスクの方へと旅立った（オーバーかな）。

「おかけください」

そこにあった椅子《いす》をひとつ、机の前に持って来ようとして、俊一はぐいと引っ張った。車輪がついていて、やけに軽々と動くので、ヒューッと進んで来て、その勢いで俊一はドシンと腰をおろしていた。

「――私が浜矢です」

巨大な机の向こうで、男が言った。机といっても、上で野球――は無理だが、玉突きかおはじきぐらいなら充分できそうな広さ。

その向こうに座っているのは、いかにも、こういう部屋に相応《ふさわ》しい、高級な紳士服に身を包んだ、五十がらみの男だった。

親父《おやじ》のつるしの特価品の背広とは、ずいぶん違う、と俊一は思った。もっとも中身の貫禄《かんろく》も大分違うことも認めざるを得なかった。

色の浅黒いのも、日焼けのせいだろう。いかにもタフな感じを与える。そして目は鋭く、柔和《にゅうわ》な微笑など浮かべているが、その奥に鋭い爪を隠しているように見えた。

こういう奴は許せないんだよな、と俊一は思った。頭も良さそうで、スポーツなら、若い俊一なんかとてもかないそうもないし、なかなか苦味《にがみ》走った男前である。

こんなに何でも揃《そろ》った男が、大きな机の前で、立派な椅子に座っている。僕は固い椅子に座って、つまらない勉強をさせられているのに……。

年齢の違いを考えれば当たり前のことも、今の俊一には頭へ来る原因なのだった。

「ところで、ご用は？」

と、浜矢がきいた。

俊一は我に返った。

「あの……浜矢功夫さんですね」

と念を押す。

「そうですが」

こうなっては仕方ない。俊一は、ズボンのベルトから拳銃を引っこ抜いた。そして、銃口をピタリと浜矢の方へ向けた。自分の方へ向けるほど、俊一も方向音痴ではなかった。

浜矢は目をパチクリさせて、

「何です？　ライターかな？」

「いえ、本物です」

「ほう」

しばらくふたりは黙りこんだ。こういう場合殺人者としては、何を話すべきなのか？

「お命、ちょうだい！」

じゃ時代劇だな。

「お祈りをする間だけは待ってやるぜ」

とでも言うか。しかし、どうも浜矢という男、クリスチャンには見えない。

「誰に頼まれた?」

浜矢がきいてくれたので、俊一はホッとした。

「頼まれたんじゃないです」

「すると――」

「脅迫されたんです。僕の恋人が――いや、本当は僕のじゃなくて、友人のなんだけど、そいつが僕にデートの代役をしろって押しつけて、それっていうのも、そいつは他の女の子とデートの約束をしていて、ダブっちゃったからで、何しろいい加減な奴なんだけど、どうしてか女にもてて困る男なんで、僕は……」

話がだんだん本筋から離れるのに気付いて、俊一は言葉を切った。

「ええと……つまり、その女の子がさらわれたんです。それで、さらった奴が僕に、あなたを殺して来い。さもないと……彼女を殺すって脅したんです。それでまあ、こうしてやって来たんです」

浜矢は鼻で笑うと、

「君は人を殺したことはあるのかね?」

ときいた。

「いいえ」

「その引金を引けるかな」

「どうでしょうね」

と俊一は言った。

「そんなチャチな殺し屋を送ってよこすとは、あっちもよほど人手不足とみえるな。君には私を殺せんよ。帰りたまえ」

「でも、それじゃ彼女が殺される」

「そんなことは知らんよ。その拳銃で助け出したらどうかね」

「彼女がどこにいるか分からないんです」

「捜すんだね」

と、浜矢が肩をすくめた。

「どうやって？」

「自分で考えたまえ」

「はあ」

確かにその件については、知ったことではないという浜矢の言い分ももっともだ、と俊一は思った。しかし、

「じゃ、そうします」

と帰ってしまったのでは、どうにもならない。

「何してるんだ?」

と、浜矢がきいた。

「考えてるんです」

「何を? 死に際にどう言うかを考えてるのか?」

「あなたがですか?」

「君がだ」

「どうして僕が……」

浜矢が苦笑して、

「今の若い奴というのは、こんなに頭の回転が悪いのか。よく今まで生きて来られたもんだな」

と言った。俊一も、さすがにちょっとムッとした。

「大きなお世話です」

「そうか? じゃ、坊や、きくがね、ここで君が私を撃つ。――まあ、自分の頭をぶっとばさなきゃ、私の腕ぐらい傷つけることはできるかもしれんね。その後で、どうする?」

　俊一は、ちょっと考えた。

「——帰ります」

「生きて帰れると思ってるのか?」

　浜矢は大声を上げて笑った。

「まったく!　おめでたい限りだな。君はいずれにせよ、五体満足で帰ることはできんよ」

「というと?」

「少々痛い目にあうってことだ」

「痛いのは嫌いです」

「そいつは気の毒だな。しかし、腕一本、足一本ぐらいはなくす覚悟でいてくれ」

「僕はマネキン人形じゃありませんよ」

「私も射的《しゃてき》の的《まと》ではない。——さあどうするね?　拳銃を捨てれば、肋骨《ろっこつ》の二、三本で勘弁《かんべん》して帰してやる。しかし、引金を引いたが最後、どうなっても知らんぞ!」

　急に、浜矢はドスの利《き》いた声を出した。

　俊一はゴクリとツバをのみこんだ。どっちがいいったって……どっちもいやだ!

この気分、何かに似てるな、と思った。――そうだ。テストでどっちも分からないふたつの問題を前にしたときみたいだ。

時間がなくて、どっちも真剣に取り組めない。といって、取り組んだって分からないのは同じだ。しかし、何も書かなきゃ、どっちもゼロである。

こういうとき、でたらめでも何か書いておくにこしたことはない。そして、その場合は難しい問題を選ぶのである。ともかくも、難しい方に挑戦したということで、多少、先生の心証《しんしょう》も良くなるかもしれない。

まあ、極めてケチくさいことを考えるのが劣等生というものである。

ではこの場合は？　苦痛が少ないのは、肋骨二、三本だろう。しかし、その場合、このいけすかない男は無傷である。たとえば、本当に撃ってけがをしたら、それどころではなくなるかもしれない。

自分のけがの手当が先だろうから、その間に逃げられる可能性もある……。

「いつまで考えてるんだ」

と、浜矢がうんざりしたように言った。

「人を呼ぶぞ」

と、インターホンへ手をのばす。

「やめろ！」

反射的に、俊一は立ち上がっていた。拳銃を握った腕をいっぱいにのばす。

「命令する気かね？　笑わせるな！」

と、浜矢が言った。

そしてインターホンのスイッチを押す。

俊一は、引金を引いていた。――銃声というのは、もっと違うと思っていた。バキューン、とか、ズドン、とかバーンとか……まあ色々とあるが、実際には、ただ、ガン、という衝撃が耳を打っただけだった。

浜矢が椅子の背に体をぶつけた。――びっくりしたように目を開いて、俊一を見つめる。左手で、胸を押さえると、じわっと赤く染《し》みが広がって行った。

そして、浜矢はガックリと頭を垂れ、それきり動かなくなったのである。

救出について

俊一は、ポカンとして突っ立っていた。
浜矢は、動かなかった。——どうしたんだろう？　眠っちゃったのかなあ？
あんなうるさい音がしたのに、のんきなもんだ。と、突然、
「キャーッ！」
と後ろで悲鳴がした。
振り向くと、あの受付の女性が、ヘナヘナと座りこんでしまった。
俊一は拳銃をベルトへはさむと、ドアの方へ歩いて行った。床にペタンと座ってい
る受付の女性のそばを通るとき、
「スカートが汚れますよ」
と言った。
エレベーターに乗ってから、俊一は、今自分が浜矢を殺して来たのだということに

気がついた。

一階で扉が開いたとき、俊一は腰が抜けて、エレベーターの床に座りこんでいた。乗ろうとした客がびっくりして、

「ズボンが汚れますよ」

と言った。


「――もしもし」

と俊一は言った。

「誰だ？」

「僕です」

「僕って誰だ？」

「僕は――坂口俊一です」

「坂口？」

電話の向こうの声は、あきらかに、あの小柄なヤクザなのだが、どうして分からないんだろう？

「あのね、あんたに拳銃を預かって――」

「ああ、分かった。しかし——浜口じゃなかったか?」

「坂口ですよ。殺す相手が浜矢《はまや》。ごっちゃにしないでください」

「そうか。——で、何の用だ?」

「電話しろと言ったでしょ」

「そうだっけ?」

全くもう! どうなってんだ?

俊一は電話ボックスの扉をけとばした。

「彼女は無事ですか?」

「ああ、ピンピンしてら」

「返してください」

「そりゃもちろん、お前が仕事を済ませりゃな」

「済ませましたよ」

ちょっと間があって、

「ハハ……。冗談はよしな」

「本当ですよ」

「お前……まさか本当に浜矢をバラして来たってんじゃねぇだろうな?」

「だって、そうしろって言ったでしょ」

「そりゃそうだが……。そんなに簡単にやれるわけがねえ」

「じゃ、調べてくださいよ」

「奴の首を持って来い」

「やめて下さいよ、戦国時代じゃあるまいし」

「しかし……本当にやったのか？」

「どうすりゃ信じてもらえるんですか？」

向こうは少し間を置いて、

「よし、ともかくここへ来い」

「どこなんですか？」

「あ、そうか。ここはまずい」

僕に劣らずドジな人間だ、と俊一は多少心強くなった。

「よし、それじゃ、昨夜《ゆうべ》の公園へ来い。いいか一時間後だぞ」

「分かりました」

俊一は電話を切った。

表に出て、俊一は、昼間の明るい光を浴びながら、これが夢の世界で、ハッと目が覚めると何もかもが消えてなくならないかしら、と考えた。

いくら相手がろくでもない奴だとはいえ、人を殺したのだ。これはやはり大変なことだろう。

だろう、というのは、少々無責任かもしれないが、実際問題、俊一にはてんで実感がないのである。

だいたい、昨夜の一件からして、まだ半信半疑なのだ。今日の殺人は、さらに半信半疑である。「四分の一」信「四分の三」疑という計算になる。

それにしても、あの浜矢という男、かなりの大物だと思うが、ずいぶんあっさりと殺されてしまったものだ。

ボディガードのひとりもいないなんて……。どうにも信じられない。

しかし、現実というのは、結構、そんなものかもしれない。防弾ガラスの車、マシンガンを持った用心棒なんて、映画の中だけの話で、実際は、ごく当たり前のビジネスマンのように暮らしているのだろう。

ともかく、友美を取りかえさなくては。そして家へ送り届ける。

俊一は腕時計を見て、歩き出した。一時間後にあの公園か。

俊一は、ピタリと足を止めた。

「あれ、どこの公園だったっけ？」

——二時間後、やっと俊一は、目指す公園を捜し当てた。

息を切らしながら、公園の中をキョロキョロと見回す。——いた。あの小柄な男が、
息を切らしながら、キョロキョロしている。

「——やあ、待たせてすまねえ」

と、えらく機嫌がいい。

「いいえ……」

「どの公園か分かんなくってな。今まで捜してたんだ」

似たようなのがいるもんだ、と俊一はおかしくなった。

「ところでな、さっきニュースで聞いたぜ」

「ニュースで？」

「ああ、本当に浜矢をやったんだな！　大したもんだ」

なるほど、それで機嫌がいいのか、こっちはそれどころじゃないよ、と俊一は言いたかった。

「言われた通りにしたんだから、彼女を返して下さいよ」

「ああ、分かってる。なあに、俺だって約束はキチンと守る男だ。安心しろ」

「人を殺して安心しちゃいられませんよ」

「ま、そう渋い顔すんな。無理言って悪かったが、これも不運と諦めてくれ」

勝手なこと言ってる。——俊一は、ふと思い出して、

「あ、そうだ、これ返しとくよ」

と拳銃を取り出す。相手がびっくりして、

「おい！　こんな所で出すなよ、人に見られたらどうするんだ！」

「でも出しちゃったんだからそっちでしまって下さい」

「うん……。ま、それもそうだ」

と、ズボンのベルトへ挟《はさ》んで、

「ズボンが下がっちまうな」

と、俊一と同じような文句を言っている。

「いつ彼女を返してくれるんです？」

と俊一がきく。

「今、相棒が連れて来る。心配するな」

心配するなって方が無理だ。そのとき、友美が、またこれは馬鹿でかい男に連れられて来るのが見えた。

「な、無事だろう？」

と、小柄な男は言って、

「おい、どうだ、この拳銃、記念にやろうか？」

「いりませんよ！」

と、俊一はあわてて言った。

「兄貴、連れて来たぜ」

と大きな男が言った。

「よし。じゃ約束だ、女を離してやれ」

大男が、友美の腕から手を離すと、友美の体がフラついた。ちょっと青白い顔はしているが、まあ、別にけがもしていないようで、俊一はホッとした。

「じゃ、行こうか」

と、小柄な男が促して、俊一の方へ、

「ご苦労だったな。また頼むぜ」

と手を振って歩いて行った。

冗談じゃないや、と俊一は思った。

「ねえ、大丈夫かい？」

俊一は友美に声をかけた。——と、いきなり友美が俊一をひっぱたいたのである。

「何してたのよ!」

とヒステリックな声を上げる。

「僕は——」

「何のために私と一緒にいるの? 私があんな男とふたりで、ひどい目にあっているのに、助けにも来ないで! それでも男なの?」

「あ、あの——犯されたの?」

「あっちこっちさわられたわよ! こっちは縛られて動けない。本当に惨《みじ》めだったわ。竹本君なら絶対放っちゃおかないのに!」

放っといたから、こういうはめになったのだが、俊一としては、それを口には出せなかった。それどころか、

「どうも——ごめんね」

と謝ってさえいたのである。

「あんたの顔なんか見たくもないわ!」

と言い捨てると、友美はさっさと歩き出した。

「ねえ、ちょっと! ——ちょっと待ってくれよ」

俊一はあわてて追いかけた。

「何よ？」

「家まで送るからさ」

「結構よ！　ひとりで帰れるわ」

「だけど……そういう約束だから」

「ついて来ないで！　交番へ痴漢だって言って突き出すわよ！」

もうこうなっては手がつけられない。俊一は、怒りに任せて、スカートをひるがえしながら歩いて行ってしまう友美を、ぼんやりと見送っていた。

やれやれ……。

彼女を取り返すために人殺しまでした。

それなのに――ひっぱたかれて、痴漢呼ばわりされて……。

別に感謝してほしいわけじゃない。しかし、それにしても、一体どういう事情であったのか、ぐらいはきいてくれたっていいではないか。

まあ――解放されたばかりで、気が立っているのだ。無理もない。

俊一は、そう自分を慰めると、力なく歩き出した。どこへ行こうか？　竹本に、一応彼女が無事に戻ったことを話しておいた方がいいかもしれない。

公衆電話のボックスを見付けて歩いて行く。ヒョイと中を覗《のぞ》くと、何と友美がかけている。あわてて俊一は背中を向けた。

「うん、大丈夫よ。――でも、二度といやよ、あんな人となんて。――ねえ、今日出て来れない？」

どうやら竹本へかけているらしい。

「うん！　待ってるわ。――ねえ、今日はずっと一緒にいてよ。あんなひどい目にあったんだもの。いいでしょ？　――じゃ、後でね」

俊一は、急いでボックスの裏側へ回った。友美が出て来て、さっきの不機嫌はどこへやら、口笛など鳴らしながら、歩いて行ってしまった。

彼女を見捨ててしまった竹本が、素知らぬ顔でデートしようというのだ。俊一は腹が立つより呆《あき》れてしまった。

あの調子の良さの、千分の一でも欲しいもんだ、と俊一は思った。

家へ帰ると、俊一はベッドへ潜り込んで、しばらく眠った。――ひどく体がくたびれていた。

目が覚めると、もう夕方である。

顔を洗って居間へ降りて行く。

「あら俊一、帰ってたの？」

と母がびっくりしたような声を出す。

「うん」

「大学はどう？」

「別に」

俊一はＴＶのスイッチをつけた。母にあれこれと嘘《うそ》をつくのも面倒くさい。ニュースを捜した。

あった、あった。しかし、何やらよく分からない経済だか何かのニュースである（大学生としては、ちょっと困るが）。

しばらく関係のないニュースが続いて、やっと目当てのニュースになった。

浜矢功夫《はまやいさお》が、若い男にピストルで撃たれて即死しました、か。なるほど浜矢という男、この様子では結構大物だったみたいだ。

それにしちゃ、あっさりやられたもんだな、と俊一は思った。暴力団同士の抗争か。警察は当然そっちの方ばかり洗うだろうから、俊一にまで手がのびることはないんじゃないだろうか。

まあいいや。どうにでもなれ、と俊一は思った。人を殺したことも別に大して気にならない。もしかすると、先天的な「殺し屋」の血が流れてるのかな、などと俊一は考えた。

「あれ？」

と、思わず俊一は声を出した。TVの画面に、写真が出ていて、下に、〈浜矢功夫〉と字が入っているのだが……。あの写真の顔は違ってる、、、！

俊一が殺したのは、あんな顔の男ではなかったのだ。

「どうなってるんだろう」

と、俊一は呟いた。

危険について

俊一は目を覚ました。

俊一が階下の電話の音ぐらいで目を覚ますのは珍しい。昼間少し眠ってしまったせいだろうか。

時計を見ると、午前二時である。今頃誰だろう？

目をこすりながら降りて行くと、受話器を上げて、

「坂口です」

「俺だよ、竹本だ」

「何だ、どうしたの、こんな時間に？」

と欠伸《あくび》しながら、俊一は言った。

「大変なんだよ」

竹本の声は震えていた。

「どうしたのさ?」

「彼女が誘拐された」

「え?」

ときき返して、頭を振る。

「彼女がどうしたって?」

「友美だよ!　連れていかれちまったんだ!」

「まさか!　だって……帰って来たばっかりじゃないか」

「それが、彼女を送って、家の近くまで行くと、いきなり二、三人の男に殴られて……」

「どこの男だろう?」

「俺を連れて行こうとしたんだ」

「どうして?」

「お前、何とかいう男を殺したのか?」

「浜矢功夫かい?　うん、殺したよ」

「おい……」

と、しばし竹本は絶句した。

「人殺しをやったのか？　本当に？」

「だって、そうしなきゃ、友美さんがどんなことになるか分からなかったんだ。ちゃんと話したじゃないか」

「だけど――まさか本当にそんなことやるとは思わなかったんだ！」

竹本の声は震えていた。

「ともかく話してよ。それがどうしたんだい？」

「俺に言うんだ。『よくもボスを殺《や》ってくれたな』って。だから何のことだってきいてやったよ。そしたら……」

そうか。これはどうやら、浜矢の子分が、仕返しをしようということらしい。しかしどうして竹本に？

「それで、それは俺じゃない、って言ったんだ。向こうの奴が、この女の恋人だろうって言うから、昨日は他の奴と交替してたんだって話した」

「僕のことを言ったの？」

「仕方ないじゃないか。そしたら、そいつへどこだかの倉庫まで来いと言えって。――で、彼女を預かっとくって連れてっちまったんだ」

「君が行きゃ良かったじゃないか」

「だって……向こうが友美を連れてくと言うんだ。仕方ないよ」

「可哀《かわい》そうに、二回も預かられて、たらい回しのお中元みたいだな」

「呑気《のんき》なこと言ってないで、何とかしろよ」

「何とかしろったって……」

「倉庫の場所を言うからな」

「待って」

俊一はメモを取って、

「――ここに友美さんがいるんだね」

「知らないよ。ともかく、お前にここへ来いっていうんだ」

「――君はどうする？　一緒に行こうよ」

「俺が？　どうして？」

「どうしてって……君の恋人じゃないか」

「冗談じゃないよ！　人を殺したのはお前だぞ！　お前ひとりで行けよ」

「おい、それはないよ。大体が、君がデートの代理なんかをやらせるから――」

「知らないよ！　俺は――もう帰って寝るんだ。明日テストがあるからな。じゃ、頼んだぜ」

早口に言って、切ってしまった。

「あいつ……」

俊一は呆れて、次に猛烈に腹が立った。

何て奴だ！　――もう友だちでも何でもないぞ！

電話へ八つ当たりして、ガチャン、と切ると、

「知らないよ、こっちだって」

と言いながら二階の部屋へ戻った。

ベッドに入って、目をつぶる。もうそこまで面倒は見切れない。

そんな所へ行けば殺されちまう。分かって行く物好きがいるもんか。

まあ……友美には気の毒だが、竹本みたいなボーイフレンドを持ったのが不運と諦めてもらうしかない。

それにしても、ボスを殺した男の恋人というのだから、丁重な取り扱いを受けているとは思えない。今頃は手ごめにされて……。

俊一はベッドに起き上がった。

「だめだ。そんな馬鹿なことをしてどうなる。まだ死ぬには早いぞ」

とひとり言を言った。

ベッドから出て、服を着る。

「どうして行かなきゃならないんだ？　もう充分にやったじゃないか。人殺しまでやらかして……」

そっと部屋を出て、階段を降りる。

「お前は馬鹿だ」

と呟いて、

「うん、俺は馬鹿だ」

と、もう一度呟き、玄関の鍵を開けて外へ出た。


「この辺だね、住所からいうと」

とタクシーの運転手が言った。

「でも、住宅はあんまりないよ、この辺《あた》りには」

「いいんです。倉庫を捜しているんだから」

「倉庫？　倉庫へ行くのか？」

「ええ」

「じゃ、この向こう側だ」

タクシーはまた動き出した。

「——何号倉庫か分かるかい？」

「ええと……4号です」

『4』は『死』か。うまくできてら。

「倉庫で何をやるんだい？」

と運転手がきく。

「ええ、まあちょっと……」

と、俊一は言葉をにごした。

どう考えても説明のしようがない。

「ほらここだよ」

タクシーが停まる。料金を払って出てみると、見上げるばかりの大きな倉庫で、〈4〉の字が見える。タクシーが走り去って、ぼんやりしていると、倉庫のわきの小さなドアが開いて、男がふたり出て来た。

「坂口ってのはお前か？」

「そうです」

「こっちへ来な」

俊一は、ここまで来て怖がっていても仕方ない、と肩をすくめて歩いて行った。

「両手を上げろ」

俊一の体を調べる。

「何もないな。——よし、入れ」

倉庫というから、中はガレージの大きなようなものかと思ったら、廊下があって、さらに細かく分かれているのだった。

奥の方の部屋へと押し込まれる。

「ここでおとなしくしてろ」

ドアが乱暴に閉まる。——明かりがなくて、何も見えない。

手探りで進んで行くと、何かにつまずいて転んだ。

「ワッ!」

「キャッ!」

と女の声。

「友美さん?」

「坂口君なの?」

「大丈夫? ——縛られてるのか」

「ええ。でも、けがはしてないわ」

「待って……」

　大体が不器用な俊一である。暗がりの中で、友美の縄をとくのは大仕事だったが、何とか手の方は自由になった。

「足は自分でやるわ」

「そうしてくれ。その方がよっぽど早いや」

「でも……どうして来たの？」

「君が捕まってるのに、来ないわけにいかないじゃないか」

「あなた、本当に人を殺したの？」

「うん」

　しばらく、友美は黙っていた。

「——私のために？」

　少し、口調が変わっていた。

「まあ……そうかな」

「あなたにあんなひどいことをしたのに」

「女の子に冷たくされるのは平気さ。慣れてんだ。それとこれとは別だよ」

しばらくふたりは黙り込んだ。

「あなた……殺されるわ」

「君は何とか帰してもらうように頼むよ」

友美はため息をついて、

「何て人なの、坂口君って……」

と言った。

「君こそ、二回もかっさらわれて大迷惑だねえ。——こんなことに巻き込まれるなんて」

「どうやらね、あの二人組がここの連中に捕まってしゃべったらしいの。でも、あなたのことが分からないものだから、私の手帳を持ってて、その住所を教えたのね」

「それで君の所へ来たのか」

「何だか悪い夢ね」

「それで、あのふたりは？」

「知らないわ。殺されたんじゃない？」

「そう……」

あの小柄な方は、それでも方向音痴だったりして、愛敬《あいきょう》があったけど、と俊一はのんきなことを考えていた。

「坂口君――」

「うん？」

「どうするの？」

「どうって……。僕はスーパーマンじゃないからなあ。されるようになってるしかないよ」

ドアの外に足音がして、ドアが開いた。まぶしい光がふたりを照らした。

「おい、ふたりとも出て来な」

と男の声がした。

連れて行かれたのは、いかにも倉庫らしい広場で、七、八人の男が、荷物の山に思い思いに腰をかけていた。

「連れて来ました」

「――そいつか？」

「ええ」

「本当か？　――このチンチクリンが？」

近付いて来たのは、リーダー格らしい、いかにも貫禄のある男で、じっと俊一を見

ながら、

「うちのボスも浮かばれないぜ、こんな小僧にやられるんじゃ」

と呟いた。

「あの……」

と、俊一は言った。

「ちゃんとこうしてやって来たんだから、彼女を帰してやって下さい」

「済んでからだ」

「じゃ、ともかく……ここにいなくたっていいでしょう」

「結構言うな、おい！」

ドンと突かれて、俊一はひっくり返った。

「坂口君！」

と、友美がかけ寄る。

「――お前をどう料理するか、今話し合ってたんだ」

と、男はニヤリと笑った。

「何か希望はあるか？」

「ひとつあります」

と、起き上がった俊一は言った。

「言ってみな」

「その――亡くなった浜矢って人の写真があったら見たいんです」

「写真だと？　どうするんだ？」

「ちょっと気になることがあるんです」

「フーン」

男は肩をすくめると、ポケットから財布を出し、中を探っていたが、

「こいつだ。――その真中がボスだ」

と俊一へ手渡す。

「殺しといて顔も忘れたのか？」

「待って下さい。――この、手を後ろに組んでる人ですか？」

「そうとも」

「じゃ、違います」

「違う？　何が？」

「僕が撃ったのはこの人じゃありません」

相手はあっけに取られていた。俊一はもう一度写真へ目を向けていたが――

「この人……。これは誰です？」

「どれだ？　——ああ、これは桜井《さくらい》の兄貴だ」

「この人ですよ、僕が撃ったのは」

男はゲラゲラ笑った。

「いい加減な出まかせを言うな！　桜井の兄貴はピンピンしてらあ」

「でも……本当にこの人だったんですよ」

と、俊一は言った。

「つべこべ言うな！　おい、こいつをその鎖《くさり》で天井からぶら下げろ！」

子分たちが三、四人やって来る。

「やめて！」

友美が叫んで、俊一の前に立った。

「この人を殺さないで！　私を好きなようにしていいから、お願い！　助けてあげて！」

俊一の方が今度はびっくりした。

「何言ってんだい？　君を助けるために来たんだよ」

「だって——」

「待ちな」

と、別な男の声が響いた。

急にみんながシンと静まりかえった。——ドアが開いていて、何だか、どこかの企業のビジネスマンといった感じの男が立っていた。

「堀江《ほりえ》の兄貴！　どうも——」

さっきまでリーダーだった男が、さっと頭を低くする。

「こんな所でやっちゃいけねえといつも言ってるだろう」

「すみません。ボスがやられたんで、つい——」

「この男の話、面白い」

と、堀江と呼ばれた男は言った。

「へえ」

「女を助けに——それもほかの男の恋人だそうじゃないか。のこのこやって来るだけでも偉いもんだ。俺なら逃げる」

と堀江は微笑《ほほえ》んで、

「こいつが今さら妙なでたらめを言うとも思えないな。——おい、一部始終、詳《くわ》しく話してみな」

「ええ」

俊一は、あの二人組に友美をさらわれて、拳銃を押しつけられたことから始めて、社長室へ入って、そこにいた浜矢と名乗った男を撃ったことまで、詳しく話した。

「ふーん。すると全然チェックもされなかったてのか?」

「されてりゃ、あんなところまで行けませんよ。何しろ拳銃はズボンのベルトにはさんでただけなんですから」

「それはそうだな。どうもいやにあっさりやられたもんだと思ってた」

「でも兄貴、桜井の兄貴はピンピンしてるんですぜ」

「たぶんこうじゃなかったんでしょうか」

と、俊一は言った。

「そのとき、浜矢って人は、どこかへ出かけていた。桜井って人が、浜矢社長になりすまして座っている。——たぶん防弾チョッキを着ていたのか、でなきゃ、あの拳銃、最初から空砲だったんじゃないでしょうか」

「空砲?」

「いくら何でも、僕みたいに力のない人間が撃って、そんなに反動も来ないのは、おかしいと思いませんか? つまり、例の二人組の手に渡ったときから、あの拳銃は空砲だったんですよ」

「どうしてそんな――」

「つまり、桜井って人と、向こうの誰かが手を組んでて、いかにも向こうの人間に殺されたように見せて、桜井が浜矢社長を殺すことを計画したとしたら……」

「この野郎――」

といきり立つ子分を、

「待て！」

と、堀江が鋭く押さえた。

「続けな」

「だからこそ、警備も何もない、僕みたいな、見るからに学生のようなのを平気で通したんじゃないでしょうか。僕が空砲で撃つ。――相手は手の中に血糊《ちのり》の袋を持っていて、胸を押さえる。血が流れ出る、というわけです」

「なるほど」

「で、僕が帰った後、何食わぬ顔で服を着替える。そこへ浜矢社長が帰って来る。そしてあの席へ着いたところを、桜井が撃ち殺す。――これで、浜矢社長を殺したのはあの二人組ということになるし、死後、ひそかに向こうと手を結んで……。たぶん、向こうも、ボスを倒そうとしてる誰かがいるんじゃないでしょうか。桜井って人は、その人と手を結んでるのかもしれません」

俊一は言葉を切った。

堀江はじっと考えこんでいる。

「——面白い話だな」

と、やがて言った。

「筋も通る。しかし証拠があるか？」

「ひとり証人がいます」

「誰だ？」

「受付の女の人です」

「女だ？　——あそこには女なんかいないぞ」

「じゃ、やっぱり、あのときだけ座ってたんですよ、きっと」

「どんな女だ？」

と、堀江がきいた。

「ええと……どんな、って言われても、女性を憶えるの苦手《にがて》で……」

俊一が、それでも何とか思い出して、特徴を話すと、

「あ！　それはきっと桜井の兄貴の女ですよ」

と子分のひとりが言った。

「ほら、よく連れて歩いてる……」

「そうか。サトミとかいったな。——確かに似てるな」

堀江は立ちあがった。

「よし、そのサトミに会って話してみよう。それまでは、このふたりをまた閉じこめておけ」

かくて、俊一と友美は、さっきの暗い部屋へ戻されることになった。


「少し希望が湧いて来たわね」

と、友美が暗がりの中で言った。

「どうかなあ」

「どうして？　あなたの推理がきっと正しいわ」

「正しいとしても、僕を生かしときゃ、何かとまずいよ。内情を知りすぎちゃってるからなあ」

「でも……」

「後悔してんだ。あのまま僕だけ殺されてりゃ、君は助かったかもしれない。でも、君まで僕の話を聞いちまった。――口をふさぐとなったら、君も殺される」

友美が、暗がりの中を探って、俊一の手を握った。

「あなたが殺されるなら、私も一緒に死ぬ」

と友美は言った。

「君の気持ちは嬉しいけど、それじゃ僕がここへ来た意味がなくなるよ」

「あなたが殺されるのを放っといてひとりで帰れって言うの？」

と、ムッとした声。

「私、そんなに冷たい女に見える？」

「今、真っ暗で見えない」

ちょっと間があって、友美は声をあげて笑い出した。俊一も一緒になって笑った。

「――あなたに謝らなくちゃ」

と、友美は言った。

暗がりの中で、友美の唇が、俊一の頰に触れた。

しばらく、ふたりは黙って時を過ごした。

「――どれくらいたったのかしら？」

「さあ。一時間か二時間か……」

　倉庫の中は静かだった。

「まるで誰もいないみたい」

「そうだね」

　ふたりは少し間を置いて、

「もしかして――」

「ひょっとしたら――」

　と同時に言った。

　そして、立ち上がった。

　部屋のドアは、鍵がかかっていない。見張りに誰かが立っていると思っていたのだが、足音ひとつしないというのは変だ。

　恐る恐る、ノブを回してドアを細く開けてみる。――廊下は、見える限りでは、人影がなかった。

「誰もいないみたいだな」

　と俊一は呟いた。

「出てみましょうよ。じっとしてても殺されるんなら同じことだわ」

「それもそうだね」

と、俊一は頷《うなず》いた。

廊下は、本当に空っぽだった。

「確かあっちから来たんだったね」

「逆よ！　出口はあっち」

「良かった。僕の方向音痴は救い難いな、全く！」

ふたりは廊下を進んで行った。

「ほら、そこが出口よ」

本当に、そこは出口だった。ドアをそっと開ける。

「――もう朝だよ」

と、俊一は言った。

外が明るくなっていた。

「早く行きましょう！」

「待って！　車が来た」

黒塗りの乗用車が一台、倉庫の前に停まって、中から降りて来たのは――。

「あいつだ！」

「誰？」

「桜井っていう男だ。僕が殺したと思ってた奴だ。——こっちへ来る」

俊一はそっとドアを閉じた。

「どうする？」

「外から来るんだ。中へ逃げるしかないな」

ふたりは廊下を戻って行って、途中のドアのひとつを開けて入った。——間一髪、入口のドアが開く音がした。

その部屋も真っ暗だった。ふたりはじっと息をひそめた。

数人の足音が、ドタドタとドアの前を通り過ぎて行く。

「——どうなるの？」

「分からないけど……僕の考えた通りだったとしたら、桜井って奴、即座に僕を殺すだろうな」

「今の内に——」

と、友美が言いかけたとき、

「おい……」

と、低い声が、暗がりの奥から聞こえて、ふたりは飛びあがった。

「誰だい？」

「その声は……お前か……」

「あ！」

と、俊一は思い当たって、

「僕に浜矢を殺せと言った人だね」

「ああ……。すまねえな、変なことに巻きこんで……」

声を頼りに、俊一は暗い中を進んで行った。

「声が変だわ。けがしているの？」

「もう……長くないよ」

「どうしたんだい？」

かがみこんだ俊一は、手探りで、あの小柄な男を捜し当てたが、すぐに手を引っこめた。ぬるっとしたものが手に触れた。——血に違いない。

「もうひとりは？」

「その辺にいるよ。もう死んでる」

「ひどいな……」

「仕方ねえ……。馬鹿なことに入れあげた罰だよ。でも……お前たちにゃ……気の毒だな……」

「何とか出て、救急車を呼ぶよ」

「いいから……俺のズボンのベルト、分かるか?」

「え?　——これかい?」

「そうだ。はずして……ズボンを脱がせろ」

「苦しいの?」

「違う。あの例の……拳銃だ。重くって、ズボンの中へ落っことしちまって、途中で引っかかってる。だから……奴らも見付けられなかったんだ」

手を入れてみると、なるほど、冷たい金属が触れる。俊一はそれを取り出した。

「そいつを持って……逃げな……」

「ねえ、しっかりしなよ!」

もう返事がなかった。そして苦しげだった息もピタリととまった。

「——死んだの?」

「そうらしい」

俊一はドアのところに戻った。

「何なの?」

「拳銃だ。でも――僕の言った通りなら、空砲なんだ。どの程度役に立つかなあ」

「ないよりはいいかも……」

「そうだな。――あいつら奥へ行ってるみたいだ。出よう」

「ええ」

廊下を覗《のぞ》いて、人影がないと分かると、俊一は、友美の手を引いて出口へと急いだ。

ドアを開けると、目の前に、男が立っていた。一瞬、突然出て来たふたりに面食らったようだ。

俊一は拳銃の銃口を相手の顔へくっつけるようにして引金を引いた。火薬が飛び散って、男は顔を押さえて悲鳴をあげた。

「やっぱり。ないよりましだ！」

ふたりは駆け出した。

「車があるわ！」

「よし！」

ふたりは乗用車へ乗りこんだ。俊一はハンドルを握って、

「……僕、運転できない」

と言った。

「私だって！」

「ええと……でもエンジンかけるのは習ったんだ。まず運転席の位置を——」

「そんなこといいわよ！」

「そ、そうだね。ええと、クラッチ。それからアクセル少し踏んでキー回して……かかったぞ！」

「——進まないわ」

「いけね、ハンドブレーキかけっ放しだ」

倉庫のドアが開いて、あの桜井という男が出て来た。

「おい！　逃がすな！」

俊一は、ノロノロと車を出した。

「ええと……二十キロぐらいでセカンドに切り換えて……よいしょ！」

ガクン、と車が停まった。

「エンストだ」

友美がため息をついた。

窓の外に、俊一が殺したはずの男が立っていた。

「やあ、また会ったな」

と、桜井という男がニヤリと笑いながら言った。

「出て来てもらおうか」

ふたりは、車から外へ出た。

「ねえ、彼女は帰してやってください」

と俊一は言った。

「残念ながら、今さら無理だな」

桜井がちょっと倉庫の方を見て、

「あの中には冷凍室がある。そこへ君らふたりを閉じこめて、凍らしてやろう。せいぜいふたりで抱き合って温めることだ」

「私、しもやけになりやすいのよ」

と、友美が言った。

ふたりは倉庫の方へ歩いて行った。

「ごめんよ」

俊一は言った。

「僕が能無しだから……」

「いいのよ。あなたは不器用でも、他の誰も持ってないものがあるわ」

「キザなセリフ」

「本当だわ」

と、友美は笑った。

「のんきだな、これから死のうってのに」

と桜井がからかった。

「──おい桜井」

と、遠くから声がかかった。

桜井がハッと振り向く。

「お前の方がよほどのんきだ」

堀江が立っていた。

そして、さっき倉庫の中にいた男たちが、手に銃を持って、桜井たちをいつの間にか囲んでいた。

「──お前の女から話は聞いたぞ」

桜井の顔から血の気がひいた。

堀江は歩いて来ると、俊一たちへ、

「君たちは行くんだ。──ここであったことは忘れて」

俊一は、友美の腕を取ると、急いで倉庫を後にした。

「——どうする？」

倉庫が見えなくなるところまで来ると、友美が言った。

「警察へ知らせようか」

「それとも放っとく？」

「でも……あのふたりが殺されたのは可哀そうだよ。やっぱり……後で仕返しされるかな。でも、僕は、知らせたい」

「じゃ、電話を捜しましょう」

「君がもし反対なら——」

「私はあなたに賛成するわ！　さ、早く！」

友美が俊一の手を引っ張って駆け出す。俊一は危うく転びそうになった。

つきについて

俊一は、あの公園の、噴水の前のベンチにひとりで腰かけていた。

平日の昼間だから、人の姿はそう多くない。——ふたりして、あの倉庫へパトカーが向かって行くのを確かめてから、ここへやって来たのである。

「遅いな」

ちょっと電話して来る、と言ったきり、友美はなかなか戻って来ない。また誘拐されたのかな、と気が気ではなかった。

「ごめん！」

と手を振って、友美がやって来る。

「心配したよ」

「大丈夫よ。——ねえ、お腹空《なか》いたわ。何か食べよう！」

そういえば、俊一も何も食べていない。

ふたりは、近くのホテルのレストランへ入って、ランチを取った。もうそんな時間なのである。

「——ああ、大変だったわね」

と、友美は言った。

「本当だ。よく生きて帰れたよ」

「坂口君って、きっとついてるのよ」

「僕が？　とんでもない！」

俊一は言った。

「ついていたら、最初からあんな騒ぎに巻きこまれたりしないよ」

「そうかしら？　人間って……いつか、ああいう風に、勇気とか、心の広さを験《ため》されるときがあるんじゃない」

「やめてくれよ。験されるのは大学のテストだけで充分だ」

俊一はため息をついて言った。

ホテルのレストランなので、そう混んでもいない。

泊まり客らしい姿が多かった。

「私ね、さっき竹本君に電話したの」

と、友美が言った。

「へえ。家にいた？」

「震えてたのよ。きっと」

「君のことが心配だったのさ」

「どうだか」

「喜んでた？」

「いつもの調子。――あの公園で待ってるって言ったわ」

「そうか」

俊一はコーヒーを飲んで、

「もてる奴はうらやましいな」

と言った。

「――怒らないの？」

「別に。だって、君は誰を選ぼうと自由だもの」

友美が何か言いかけたとき、

「――みんな動くな！」

という声が響いた。

店の入口に、マスクをした男が、拳銃を構えて立っていた。女性客が悲鳴をあげる。

「この袋に財布と金目のものを入れろ！　そのままおとなしく座ってりゃ撃たないぞ！」

みんな、男が左手に持った布の袋へと、財布や、イヤリング、指輪などを投げこんだ。

「やっぱりついていない」

と、俊一は言った。

強盗がふたりのテーブルへやって来た。

「お財布しかないわ。学生だもの」

と、友美は落ち着いたものである。

あれだけ死ぬような思いをして来たのだ。少々のことでは怖がらない。

「おい！　お前は？」

と俊一の方へ強盗が言った。

「小銭入れくらいしか――」と言いかけて、

「あ、そうか。忘れてた」

「何かあるのか？」

「金目のものならいいの？」

「早く出せ！」

俊一はズボンのベルトにはさんだままだった拳銃を取り出した。強盗が目を見張った。

引金を引くと空砲が鳴って、強盗の腰に熱い火薬が飛んだ。

「ギャーーッ！」

強盗は飛びあがった。そして袋も拳銃も投げ捨てて、逃げて行った。

俊一は強盗の拳銃を拾いあげた。

「何だ、これはモデルガンだよ」

ガードマンが駆けつけて来て、しばらく大騒ぎになった。

「――すると、あなたが強盗を追っ払ったんですね？」

ガードマンにきかれて、

「ええ、まあ……」

と俊一は頷いた。

「この拳銃は？」

「それはその……」

と、俊一が詰まっていると、

「そのひとつはモデルガンなんです」

すかさず友美が口を出す。

「この人、モデルガン集めるのが趣味なんです」

「するとこっちの方は——」

「強盗が持ってたんです」

「どうして捨てて逃げたんですか?」

「この人がモデルガンを出して見せたんです。そしたらびっくりして飛びあがって」

「銃声がしましたが……」

「ええ。その飛びあがったときに、銃が爆発したんだと思います」

「で、投げ捨てて逃げたんですか。だらしのない強盗だ」

とガードマンは笑って、

「いや、しかし、おかげで誰も被害を受けずに済みましたよ」

と言った。

「ね、ついてるでしょ」

と、友美は、俊一の腹をつついて、そっとささやいた。

なるほど、あのまま拳銃を持っていて見つかったら、銃器の不法所持である。これで拳銃を強盗へおしつけたことになる。

「うん……」

と、俊一はためらいがちに頷いて、

「でも、強盗に悪いな」

と言った。


ふたりは食事を終えると、公園に戻った。友美はご機嫌である。

あのレストランの食事代がタダになったのだ。店のおごり、というわけである。

噴水のへりに腰をおろして、ふたりはぼんやりしていたが、

「さ、僕はもう行くよ」

と、俊一は立ちあがった。

「あら、どうして？」

「だって、君と竹本の邪魔したくないもの」

「いいのよ！」

ぐいと俊一の手を引っ張って、

「座ってて！」

と言い渡した。

「――あ、来たよ」

と、俊一が言った。

「やぁ！」

竹本が、あの電話での怯《おび》えた様子はどこへやら、元気に手を振ってやって来た。

まったく、あいつにはかなわないな、と俊一は苦笑した。

「よかったね、無事で！」

と、竹本は、友美の手を取ってキスした。

「心配で心配でね……。一睡もできなかったよ」

それにしちゃ、すっきりした顔だ、と俊一は思った。

「おい、坂口、ちゃんと彼女を守ってくれたんだろうな」

「ああ、ご心配なく」

と竹本が言った。

「ご苦労だったな。――ねえ、どこへ行こうか？」

「あなたは大学よ」

と、友美が言った。

「大学？」

竹本はキョトンとして、

「大学でデートするのかい？」

「あなたは大学へ出て、西洋史の講義のノートを取って来て」

「君は？」

「私はデート」

友美は、俊一の腕を取った。

「坂口君とね」

竹本が啞然《あぜん》とした。もっとびっくりしたのが俊一で、

「ねえ……僕なんか、付き合ったって、ちっとも面白くないよ」

と逃げ腰になる。

「だめ！　もう決めたの」

と、ぐっと腕を握りしめ、俊一は痛くて顔をしかめた。

「じゃ、竹本君、よろしくね」

あっけに取られている竹本を尻目に、ふたりは歩き出した。

「ね、今日はついてるでしょ」

と言われて、俊一はちょっと考えた。

「そうだ。――ねえ、今日は帰り、君の家まで送らせてくれよ」

「いいわよ。どうして？」

「家へ送り届けて、デートが終わるんだ。だから絶対に送って行かせてくれよ」

「じゃ、最初からずーっと今までデートが続いてるわけね」

「そういうことになるかな」

ずいぶん長いデートだったな、と俊一は思った。

「一番長いデートか」

と友美は言って、俊一の顔を見ると、

「ねえ、今夜はどこかに泊まって、デートの記録を更新しない？」

と誘うような笑顔を見せた。

孤独な週末

一日目、夕方

夫の運転する緑色のＢＭＷが木立の合間を見え隠れしていたのも、ほんのわずかの間だったが、すっかり見えなくなってしまってからも、小杉紀子《こすぎのりこ》はなおしばらく、その方向から目を離さなかった。車が緑色だっただけに、遠い木々の緑が揺らぐのが、車の姿のように思えたのだ。いや、思いたかったのである。

紀子はひとつ大きなため息をつくと、林の中の道をもどりはじめた。——いつまでも寂しがっていたって仕方ないんだわ。彼が三日間帰って来ないのは、どうすることもできない現実なんだもの。

思ったよりも山荘から遠くまで来ていたんだわ。紀子は歩きながら思った。山荘の前で見送るのはあまりにそっけなくてやり切れなかったから、少し乗せて行って、と強引に乗り込んでしまったのだ。彼も渋い顔をしながら、目もとは笑っていた。目尻《めじり》に細かいしわができるのでわかるのだ。

山荘からこのいくらか広い道まで、車一台がやっと通れるくらいの私道が二百メートルほどもある。彼は私道の出口の所で車を止めると、紀子を抱いてキスした。紀子のほうではもっと先まで期待していたのだが、彼はそれだけで紀子を離した。彼女も無理にはせがまなかった。ただ、もう少し先まで乗せて行って、といった。もどるのが大変だといわれても、大丈夫、いい散歩よ、と答えた。

少し走って、車を止め、彼はもう一度紀子にキスして、さあ、もう本当にもどりなさい、と穏《おだ》やかに、しかしきっぱりといった。今度は彼女も素直に車を降りた。

行ってらっしゃい。気をつけて！

彼女の声をＢＭＷのエンジンの音がかき消したとき、彼女は車を憎らしいと思った。しかし彼は最後に車窓から手を振って、できるだけ早くもどるからね！　――そう叫んだ。

紀子はすっかり心が軽くなって、手を振った。車は木立の間の曲がりくねった道を、素晴らしい加速で遠ざかって行った……。

私道の入口へと歩きながら、紀子は、彼のキスでまだからだがほてっているのを感じていた。でも、彼が車の中で彼女を抱こうとしなかったのは、仕方のないことだ。なにしろ彼はもう四十歳だ。そんな刺激的な遊びに興味はないのだろう。――しかし、紀子はまだ二十四歳の若さだった。そして何よりも、ふたりは結婚してまだ三日にしかならないのだ……。

紀子は小杉紳吾《こすぎしんご》の秘書であった。といってもそれは三か月前までのことだ。

小杉紳吾は、中規模ながら、その急成長ぶりで注目されている、あるショッピング・センターのチェーン会社で、営業部長の要職にあった。以前はライバル会社の営業の第一線にいたのを、引き抜かれて、初めから部長として着任した。三十八歳という、異例の若さである。

最初のうち、部下の間にくすぶっていた反感は、小杉のめざましい仕事ぶりと市場の読みの的確さ、つぎつぎに打ち出すアイデアの斬新《ざんしん》さ、などが吹き飛ばしてしまった。一年足らずのうちに、チェーン店の売上げは三割増を示し、新たな支店がふたつ誕生した。紀子がビジネス・スクールの秘書科を出て、小杉の下についたのは、ちょうどそのころのことだった。

正直なところ、紀子はあくせく働くよりも、同世代のボーイフレンドのように人生を楽しもうという主義で、いわゆる猛烈サラリーマンというのはきらいだったから、入社早々に「業界でいちばん多忙な男」とあだ名される小杉部長の秘書になると知ったときは、内心うんざりしたものだ。ところが驚いたことに、この会社では、個人秘書を持っているのは小杉だけで、社長にさえ秘書はついていないのであった。

出勤初日、挨拶《あいさつ》をしようと小杉の机の前へいくと、彼はいきなり、

「きょうの予定は？」

ときいて来た。面食らった紀子が、それでもしどろもどろになりながらメモを読み上げると、

「これを十部コピーしてくれ」

と資料のファイルを渡され、

「十五分後に車を呼んでくれ。そのコピーを持って一緒に来るんだ」

と、ただもうあおり立てられるような気ぜわしさ。コマネズミのように動き回って、その日の仕事が終わったのは夜の九時だったが、まるで一か月も働きつづけだったような、それでいてほんの二、三時間しかたっていないような、妙な気分であった。

出先から会社へもどる車の中で、小杉は初めて気づいたようすで、

「きみ、名前は？」

ときいた。

翌日も、その翌日も、同じような日が続いた。仕事が終わるのは、ときとして深夜

になったが、それでも次の日は、八時半には仕事を始めなければならなかった。

なんてひどい所へ来ちゃったのかしら。——紀子は何度そう思ったことだろう。他の女子社員たちも、昼食の最中でも呼び出される紀子に同情してくれた。中には、組合へ訴えればいい、という者もあった。

しかし、彼女自身、驚いたのだが、その多忙が二か月、三か月と続くうちに、その張りつめた毎日が、彼女の生きがいにすらなって来たのである。

小杉が、若い紀子を完全なプロとして扱ってくれたことも彼女にはうれしかった。どこへ行くにも小杉は紀子を伴って行った。泊まりがけの出張でも遠慮しない。北海道から沖縄まで、小杉が飛び回るのに、紀子は影のようについて歩いていたのだ。

むろん泊まるときはちゃんと紀子の部屋を取ってくれたし、上司としての限度以上になれなれしくはしなかったが、一緒に食事をとり、お茶を飲みながら、ときおり交わす雑談の中で、紀子は、小杉が四年前に妻を亡くし、いまは正実《まさみ》という名の息子とふたりでいることを知った……。

紀子が、小杉という男性に惹《ひ》かれるようになるのに、そう時間はかからなかった。

しかし、彼女は用心深くその気持ちを押し隠し、表面上は部長とその秘書の、全く変わりばえしない忙しい日日が続いた。

その見かけの平穏が変わったのは、四か月前、ある地方の小都市へ出張したときのことである。その都市へのチェーン店進出に反対する地元の商店街の店主たちとの話合いが目的だったのだが、ともかく、ショッピング・センターができれば商店はつぶれる、と信じ込んでいる地元の人びとは、小杉の話に全く耳を貸そうとしなかった。

従来の実績を示して、ショッピング・センターができると、客がふえて、地元商店もむしろ売上げをのばしていると説明しても、相手は全く受け付けない。話合いにならない話合いは十時間余に及び、深夜になってなんの結論も見ずに閉会したときは、さすがに小杉の顔にも疲労の色が見えた。

その夜、ホテルで紀子がシャワーを浴び、寝ようとしていると、ドアがノックされ、小杉が立っていた。——紀子にはわかった。黙ってドアチェーンをはずし、彼を中へ入れた。

翌日、奇跡が起きた。昨夜あれほどかたくなに反対していた商店街が、自分のほうから和解を申し入れて来たのである。

東京へもどって次の日の朝、小杉は紀子にいった。

「すまないが、きみにはここをやめてもらいたい」

紀子は、やはり、と思った。仕事に厳しい小杉である。秘書と関係を持っていたのでは仕事にさしつかえると思ったのであろう。紀子は恨《うら》みがましいことはいっさいいうまい、と思った。納得した上での関係だったのだから。

「で、今後のことだが——」

と小杉は続けて、

「きみにはぼくの家の家事に専念してもらいたい」

これが彼のプロポーズであった。

てれくさかったのか、わざととぼけていたのか、そのまじめくさった顔を、いままでも紀子はよく覚えている……。

「——あら」

我に返って、紀子は足を止めた。

「いやだわ！　何やってるのかしら、私？」

山荘へ通じる私道の立て札を見落として、だいぶ先まで来てしまったようだ。紀子は逆に向いて歩き出した。本当に、何をぼんやりしてるんだろう！

この山荘へのドライブが、ふたりの新婚旅行だった。といっても、山荘ではまだひと晩過ごしただけだ。都内のホテルでごく内輪《うちわ》の式を挙げ、その夜はホテルに泊まって、きのう、ここへやって来たのだが、夕食の特別デザートは、本社からの電話だった。

紀子はべつに文句はいわなかった。彼の忙しさは自分がいちばんよく知っている。そんな彼に惹《ひ》かれたのだから。――それにしても、これから先が思いやられるわ。五時に会社が終わっても、そのまま帰れる人ではない。家で夕食を食べてくれる日があるだろうか？

それよりも、当面の問題は、正実だった。

正実は十一歳である。こどもではあっても、単なるこどもではない年齢だ。紀子は、小杉がどんなに多忙で家をほったらかしにしていても、それが自分たちの結婚生活を危うくすることは心配していなかった。もし――もし、この結婚が失敗することがあるとしたら、それは正実のせいだろう。

いまのこどもは発育がいい。紀子が小柄なせいもあるだろうが、正実はもう彼女の肩くらいまで身長があった。いきなり、そんな大きなこどもを持った戸惑い……。

むずかしい年齢だから、気長に付き合ってやってくれ、彼はそういっていたが。

そう、自分は実の母ではないのだから、無理に母親になろうとしてはいけないのかもしれない。最初はただの友だちとして……。

紀子はまた足を止めた。

「変ねえ……」

確か、私道への入口はここだったはずだ。それなのに、『小杉』という立て札が見当たらないのである。彼がいっていたとおり、細い、茂みに囲まれた私道は、立て札がなければ気づかずに通り過ごしてしまいそうだ。

紀子はかがみ込んで、札の立ててあった跡を見つけた。やはりここだったのだ。

――でも、立て札はどうしたのかしら？　立ち上がって見回したが、どこにも見当たらなかった。

だれかいたずらをしたのかしら？　ずいぶんたちの悪いことをするものだわ。

もっとも、高速道路などでミラーを壊したり、標識を倒して行ったりする若者もいるのだから、不思議もないが、それにしてもこの辺は、この季節に通る人もほとんどないはずなのに……。

紀子はなんとなく薄気味悪い思いで周囲を見回した。

ここは軽井沢《かるいざわ》――といっても、夏ににぎわうあたりから、また山の中へかなりはいった所で、林の中に、ところどころ、大海の孤島のように別荘が建っているだけだ。夏にはまだ人の気配もあるけれど、いまはもう十月になっていて、銀座《ぎんざ》と呼ばれるあたりも普段は閑散《かんさん》としている。ましてや、このあたりの別荘は、どこも閉め切って、人の姿は見られない。水入らずで過ごすには絶好だが、ひとりでは寂しすぎる。——いや、ひとりではない。紀子は山荘への私道を歩いて行った。そろそろ夕方で、木立のすき間からのぞく空は灰色にかげりはじめている。

山荘は、二階建ての木造で、もうかなり前に建てられたものらしかった。どこかの金持ちが持っていて、古くなるままにほうってあったのを、五年ほど前に小杉が買い取って改修したのだという。

黒ずんだ板の色は、古びた感じだが、家自体は改修で近代的に生まれかわっている。外見は北欧風とでもいうのか、出窓や天窓をつけて、少しごてごてとした、それでもいかにも別荘風の造りである。

玄関にポーチがあり、前庭に小さなフォルクスワーゲンが一台置いてある。買物が町まで遠いので、彼が紀子のために買っておいてくれたのだ。紀子はつい二週間前に免許を取ったばかりだった。

くよくよしていたって始まらないんだわ。もうすぐ夕方になる。夕食の支度にかからなくちゃ……。

ポーチを上がりながら、ふと紀子は、さっき夫を見送りに来たとき、強引に車へ乗り込む彼女を、このポーチの手すりの所にもたれてじっと見ていた正実の顔を思い出した。

あんなまねをすべきじゃなかったわ。

紀子は後悔していた。ただでさえ、正実は彼女のことをきらっている。いや、きらいだとはいわないが、好いていないことは態度でわかる。無理にひとりで途中まで送って行ったりして、正実の反感をあおり立てたようなものだ。

「済んだことだわ」

と紀子は口に出していった。

「もう忘れましょう」

玄関のドアを開けようとして、紀子は驚いた。鍵《かぎ》がかかっているのだ！

「どうしてこんな……」

イライラと紀子は呼び鈴を押した。あの子だわ。わざとかけたのだろうか？　いや、と紀子は思い直した。ただ神経質で、なかなかもどらないから鍵をかけたのかもしれない。

まさか、そこまで意地の悪い子とは思えない……。

しばらく待ったが、いっこうに正実がやって来る気配はない。紀子は二度、三度、と呼び鈴を鳴らした。奥でポロンポロンとチャイムの鳴っているのが聞こえているというのに、相変わらず返答はない。

「何をしてるのかしら……」

紀子はため息をついて玄関から離れると、ポーチを回って、裏口のほうへ行った。台所から出入りするドアがあるのだ。——やはり、そこも鍵がかかっていた。

ここは確かに開いていたはずだわ。

紀子はけさ、ここを開けて、ごみを裏庭の焼却炉へ持って行ったのをはっきり覚えていた。その後、鍵をかけた記憶はない。それとも知らないうちにかけていたのだろうか？

紀子はドアをドンドンと叩《たた》いた。

「——正実君！　——正実君！」

正実の名を呼ぶのは、なんだか妙な気がした。「正実ちゃん」か、「正実君」か、「正実さん」か、それとも、ただ「正実」と呼ぶのがいいのか。紀子は結婚前、ずいぶん悩んだものである。「正実ちゃん」では、あまりに赤ん坊扱いをしているようだが、といって相手はこどもには違いない。そして自分は母親なのだから、おとな扱いするのもかえってよくない、と思った。

結局、「正実君」と呼ぶことに決めたのだが、正実がそれを気に入ったかどうかは、確かではなかった……。

なんの返答もなかった。――まさか、窓からはいり込むわけにはいかない。紀子は家のわきへ回った。広い芝生《しばふ》になっていて、その上へ張り出したバルコニーは正実の部屋のものなのである。紀子は芝生のほうへあとずさりして、

「正実君！」

と呼びかけた。

「いないの？　――正実君！」

たっぷり間を置いて、バルコニーの奥から声が返って来た。

「なんなの？」

面倒くさそうな、投げやりないい方だ。

「玄関の鍵を開けてちょうだい！」

ちょっと間を置いて、また声だけが聞こえた。

「鍵はかけてないよ」

「かかってるわよ！」

「ぼくはかけなかったよ」

「でも実際にかかってるのよ！　開けてちょうだい！」

「かかってないよ」

と正実のほうもくり返す。紀子はいら立って来た。

「早く開けて！　いいわね！」

といい捨て、玄関へ回る。あれはきっとわざととぼけているのにちがいない。

全くなんという——。

「まさか！」

紀子は足を止めて目を見張った。玄関のドアが、半開きのままになっているのだ。


玄関を上がると、紀子は廊下を通って、台所へはいった。台所といっても、いわゆるダイニング・キッチンとしても十分の広さがあり、テーブルと椅子《いす》がある。朝や昼はここで食べ、夕食だけは隣の食堂で食べることにしていた。

時計を見ると、四時半になっている。夕食の支度にかかるには、ちょっと間があるので、紀子はコーヒーをいれて飲むことにした。

あのドアは開いていたのかしら？

そんなはずはない！　──確かに鍵がかかっていたのだ。正実が……おそらく、そう疑いたくはなかったが、正実は、ちゃんと玄関のドアの内側で、彼女の帰って来るのを待ち受けていたのにちがいない。彼女が諦めて裏口のほうへ回るのを待って、開けておいたのだろう。

頭の回る子だ。それだけは認めなければなるまい。しかし、親をばかにするようないたずらは感心できない。

親を？　──いや、正実のほうでは紀子のことを母親とは思っていまい。

「どうだった？」

出しぬけに正実の声がして、紀子はびっくりした。慌《あわ》ててドアのほうを見たが、正実の姿はなかった。

「ドアは開いてたでしょう？」

また声がした。そのときになって、紀子は、正実の声が傍《そば》のインターホンから聞こえて来るのだと気づいてホッとした。

「え、ええ……」

「だからぼくがいったろう」

紀子はムッとしたが、叱《しか》る言葉を思いつけなかった。そんないたずらをしても、こっちはなんとも思っていないのだということを見せてやろう。怒ればかえっておもしろがらせるだけだ……。

「部屋にいるの?」

と紀子がきいた。

「さあね」

と人を小ばかにしたような答え。

「クッキーでも食べない?」

と紀子は腹立ちをこらえていった。

「いまはいらない」

「そう」

勝手になさい。——紀子は肩をすくめた。

この山荘は部屋数が七つもある。だから、各部屋や廊下にインターホンがつけてあって、どことでも相互に話ができるようになっているのだ。

紀子はコーヒーをゆっくりとすすりながら、クッキーをつまんだ。彼がいなくなると、急にこの山荘が、だだっ広く、寂しい場所に思えて来る。

三日後には彼が帰る。しかし、その三日間、いったい何をしていよう？　テレビを見るか、本を読むか……。いずれにせよ、退屈にはちがいない。

それでも、あの少年の相手をするよりは、気楽かもしれないが……。

一日目、夜

夕食の支度ができたのは、六時半ごろだった。もう窓の外は真っ暗で、部屋の明かりに小さな虫がガラスの外に集まって来ていた。

正直なところ、紀子はあまり料理が得意でない。料理の学校へ通う暇もなかったし、それほど料理が好きというわけでもないのだ。しかし、結婚前の三か月、彼女としては精いっぱいの努力を傾けて、彼の好きな料理ぐらいは作れるようになった。

今夜の夕食はシチューで、これは彼の話では、正実の好物でもあるはずだった。

「正実君」

紀子はインターホンに呼びかけた。

「ご飯ができたわ。食堂へ来て」

返事はなかった。紀子は、

「正実君」

ともう一度呼んだ。しばらく間を置いて、

「なんなの？」

と相変わらず面倒くさそうな返事。

「ご飯よ」

「いま、食べたくないんだ」

「だめよ。ちゃんと決まった時間に食べなくちゃ」

「あとで食べるよ」

「さめてしまうわ。――ビーフシチューよ。あなたの好物でしょ」

「違うよ」

「あら、だって――」

と紀子はちょっと戸惑った。

「おとうさんがそういってたわよ。あなたは、ビーフシチューが大好きだってね」

「ぼくが好きなのはママの作ったビーフシチューだよ」

紀子は言葉につまった。なんと物のいい方を心得たこどもなのだろう。相手のいちばん痛いところを突いて来るのだから。無邪気にそういったのなら、胸を打たれるだろうが、正実のいい方には、明らかに効果を楽しんでいるというところがあって、紀子は叱りつけたいという衝動《しょうどう》にかられた。しかし、ここで怒っては相手の思う壺《つぼ》である。

「そう……」

とできるだけさりげない調子で応じる。

「あなたのママはきっと料理が、上手《じょうず》だったのね。でもね、私のシチューも結構いけるわよ。試してみない？」

やや間を置いて、正実の返事が返って来た。

「気が向いたらね」

なんという生意気ないい方だろう！　紀子は少し厳しく出ることにした。

「すぐに下りてらっしゃい！　いいわね！」

「食べたいときに食べるよ」

正実にはいっこうにこたえないようすだ。

「パパが帰って来たら、あなたがいうことを聞かなかったっていわなきゃならないわよ。いいの？」

これならいうことを聞くだろうと思った。だが正実からの返事はない。

「正実君！　聞こえたの？　返事をなさい！」

相変わらず、インターホンは沈黙したままだった。

「もう一回いうわよ！　すぐに下りて来なさい！」

返事はなかった。――紀子はもう我慢ならなかった。泣きわめいたってかまうものか。なんとしてでも、夕食を食べさせてみせる、と決心して、食堂を出た。

廊下を抜けて階段を駆け上がり、正実の部屋のドアを叩いた。

「正実君！　出ていらっしゃい！」

無理に連れ出すことは最後の最後まで避けたかった。

「いま出て来れば、このことはパパに黙っていてあげる、って約束するわ！　――正実君、聞こえないの？」

なんの返事もなかった。――仕方ない。

「開けるわよ」

といっておいて、紀子はドアのノブを回した。とたんに手がビリビリとしびれて、

「キャッ！」

と紀子は悲鳴をあげて飛び上がった。ドアはゆっくりと開いた。――部屋の内側に、ノブの金属の部分に結びつけられた電気のコードが見えていた。

紀子は怒って青ざめていた。からだがワナワナと震えるのをどうしようもない。

「なんという……」

いうべき言葉も見あたらず、ドアへ駆け寄ると、手を突っ込んでコードをドアのノブから引きちぎった。

「悪ふざけもいい加減にしなさい！」

と部屋の中へ踏み込んだが……正実の姿はなかった。

「どこにいるの！　出ていらっしゃい！」

と叫んで部屋を見回した。

シングルのベッド、勉強机、本棚……。格別、どことといって変わったところのない、十一歳のこどもの部屋である。ただ、ラジオ、カメラ、テープレコーダー、ステレオ、といった機械類の多いことが目をひく。

「正実のやつは機械とか電気とかにくわしいんだ」

と彼が自慢げにいっていたのを、紀子は思い出した。

この山荘には、そうしばしば来ているわけではない。夏休みの間はともかく、たまの週末、小杉が休めたときに来る程度だが、それでも、これだけの物が置いたままになっているのだ。正実は相当の機械マニアなのだろう。

それを、こんなふうに人をおどかすために使うとは、小杉は夢にも思っていないだろう。

「どこなの？」

紀子はもう一度呼んだ。――返事がないので、紀子はベッドの下をのぞいたり、洋服ダンスを開けてみたりしたが、正実はいない。

「お風呂場《ふろば》かしら……」

この山荘はホテル風に、各部屋に浴室とトイレがついている。もっとも使う部屋は決まっているので、ほかの部屋の浴室は栓《せん》を閉めてしまってあるが。

「中にいるの？」

浴室のドアへ顔を寄せて、紀子はいった。

「はいるわよ。――いいの？」

ドアのノブをつかもうとして、ハッと手を引っ込める。またビリビリッと来たのではかなわない。ハンカチを取り出してノブを包んでから、恐る恐る回して開けた。同じ罠《わな》を二度仕掛けるほど、正実もばかではないらしい。今度は何ごともなかった。

しかし、正実もいない。

「いったい、どこに行ったのかしら……」

二階のほかの部屋に隠れているのだろうか？　二階だけで五つの寝室がある。――

紀子はため息をついた。

浴室を出ると、紀子は正実の机の上のインターホンのボタンを押した。

「正実君、どこにいるの？　返事をしなさい。——どこに隠れていたって、見つけるわよ。狭い家なんですからね。見つけたら覚悟なさい、お尻をいやというほどぶってあげるわ。いま返事をすれば勘弁してあげる。——どこにいるの？　返事をしなさい！」

この声は、山荘の中の全部のインターホンから流れている。どこにいようと聞いているはずだ。

紀子は三分待った。そして正実の部屋を出た。

二階の残りの四つの寝室を、紀子は片っぱしから見て行った。使っていない部屋も、鍵はかからないので、中に隠れている可能性は大いにある。——ソファーの後ろ、ベッドの下、浴室……。くまなく捜し回ったが、結局、むだ骨であった。

「こんなことってあるのかしら？」

全部調べ終わって、紀子は息を弾ませながら呟《つぶや》いた。二階には正実はいない。そうなると階下にいるというのか？　いつの間に下りて行ったのだろう？

そこまで考えて、紀子はハッと気づいた。さっきインターホンで話したとき、正実が自分の部屋で答えているのだとばかり思っていたが、そうとは限らないのだ。二階のほかの部屋でも、いや、一階の居間や客間でも、同じようにインターホンで話ができたはずなのだ。

あのとき、もう正実は一階へ下りて来ていたのにちがいない、と紀子は直感的に思った。

「人をばかにして!」

カッと頭に血が昇った。紀子は階段を大急ぎで駆け下りると、居間へ飛び込んだ。テレビがつけっ放しになっている。自分でつけた覚えはない。正実が見ていたのにちがいない。

「どこに隠れてるの! 出てらっしゃい!」

紀子は叫んだ。居間から客間へ、玄関へ、と必死で捜し回った。外へ行ったのか、とも思ったが、玄関のドアはチェーンがかかっている。中にいるはずだ。

台所へ行ってみたが、結局、正実の姿はなかった。いったいどこに隠れているのだろう?

これだけの広さの家である。どこかの戸棚や納戸《なんど》に隠れるのもむずかしくはない。しかし、紀子には、正実が彼女をこわがってどこかへ隠れて震えているとは思えなかった。

そんな殊勝《しゅしょう》な少年なら、まだ可愛《かわい》げがあるのだが……。

捜し疲れて、紀子は食堂へもどって来た。二、三歩足を踏み入れて、思わず立ち止まり、唖然《あぜん》として突っ立っていた。食卓の、正実の分のシチューが、きれいに平らげられていた。ご飯茶碗《ちゃわん》の上に、はしがきちんと並べられ、お茶も半分ほど飲みかけてある。

彼女が必死で二階の部屋を捜し回っているうちに、正実は悠々とここでご飯を食べていたのだ。

紀子は急に全身の力が抜けて行くような気がして、自分の席にペタンと腰を落としたまま、ぼんやりと、空になったシチュー皿を見つめていた。もう自分の分のシチューはすっかり冷めているようだ……。

ふと、正実のシチュー皿の下の紙片に気づいて、皿を持ち上げ、取り出してみた。そこにはこどもっぽい字で、『ごちそうさま』とあった。

紀子は、ほとんど味もわからずに、冷めたシチューを食べ終え、あとかたづけをした。

奇妙に空しい感じだった。自分ひとりが喜劇を演じていたのだ。怒って右往左往するのを、十一歳の少年は笑って眺めていたのだ……。

あんなに腹をたてたのはどうしてだろう、と紀子は思った。——向こうが食べたくないというのなら、好きにさせておけばよかったのだ。ほうっておいても、お腹がすいて来れば、食べに来る。それを、むきになってしまったから、向こうも意地悪く立ち回ったのだろう。

確かに、ドアに電気を流したりしたのは、性質《たち》の悪いいたずらかもしれないが、もしこれが自分に起こったのでなく、他人が同じ目に遭ったという話を聞いたのなら、きっと同情するより大笑いして、いったにちがいない。

「本気になって怒るほどのことはないじゃないの。たかがこどものいたずらで」と。——そう、いささか自分も大げさに受け取りすぎたのかもしれない。なんといっても、相手は十一歳なのだから。

正実の身になってみれば、新しく自分の母になった女——それもひどく若い女と、ふたりきりで残されてしまったのだ。間をつなぐ環《わ》、父親もいないのでは、顔を合わせるのも気まずい気分はよくわかる。

紀子のほうでも、正実と何を話せばいいのか、見当もつかないのだ。向こうから打ちとけて来ないといって、十一歳のこどもを責めるのは酷というものかもしれない。あのいたずらにしたところで、彼の、茶目っ気の表現なのかもしれない。内気な少年なりの、親しみの表れかも……。内心、そう信じてはいなかったが、紀子はそうであってくれることを願っていた。

　ともかく、正実のほうから話しかけて来るまでは、無理をすまい。自然に、なんとなく気心が知れるようになるのを待とう。

　食事のかたづけを終えると、紀子はブドウを洗って皿に盛った。そしてインターホンのボタンを押すと、

「正実君、ブドウを食べない？」

と声をかけた。どうせ、いまはいらない、あとで食べるという返事が返って来ると予想して、つけ加えた。

「台所のテーブルに置いておくわ。気が向いたら食べてね。私は、居間でテレビを見てるから。――いいわね？」

「わかったよ」

　相変わらず、面倒くさそうな声がした。

　紀子は自分の分のブドウを皿に分けて、居間へ行った。いつも見ているテレビの連

続ドラマにチャンネルを回す。――しかし、紀子はいっこうにテレビの筋を追って行くことができなかった。正実がブドウを食べに下りて来るかどうか。それが気になって仕方ないのである。

ほうっておくんだと決めたばかりじゃないの！

そう自分にいい聞かせ、テレビに注意を向けようとするのだが、気がつくと台所のほうで物音がしないかと、じっと耳を澄ましているのだった。

三十分ほどして、階段のきしむ音が聞こえたような気がした。空耳だろうか？　それとも、ただの風の音か？――いや、気のせいではなかった。台所のドアが開いて、また閉じる音がしたのだ。

紀子は息をついてソファーにもたれかかった。それまで、自分がいかに緊張して、それを待っていたか、はじめて気づいた。彼女は思わず笑った。

まるで王子様のおいでをお待ちしていたみたいだわ！

確かに正実はこの家の中では王子かもしれない。しかし、王子は孤独なものだ……。

紀子はソファーから立ち上がりかけた。いまなら台所へはいって行って、

「どう？　おいしい？」

と声をかけることもできる。いまなら。――しかし、居間でテレビを見ている、と

いってしまった。ここで出て行けば、結局、これも自分をつるエサだったのかと思うだろう。

紀子は、またソファーに身を沈めた。ほうっておくのだ。一時間や一日や……それくらいをあせってどうなるというのか。正実とは、これから何十年もの付き合いなのだ。

やっと、少しドラマのほうへ気を向けられるようになったとき、電話が鳴った。急いで駆け寄って受話器を取り上げる。

「はい」

「やあ、紀子か」

「あなた！　どうなの？」

「うん、ちょっとまだかたづきそうもない、そっちはどうだ？」

紀子はチラリと台所へ目を向けた。

「ええ。うまくやってるわ。大丈夫」

「よかった。……いや、正実のやつが手こずらせてるんじゃないかと思って気にしていたんだ」

「大丈夫よ。すっかり気が合ってるわ」

紀子はためらわずにいった。

「いま、一緒にブドウを食べているの。あなたは何をしてるの？」

「いま、会社だ」

「まだ？　もう九時すぎよ」

「仕方ないさ。——すまんな。新婚早々だというのに」

「仕事と浮気してるんだもの安心だわ」

小杉が笑って、

「ともかくこちらが終わり次第帰るから」

「ええ。待ってるわ」

「じゃ、正実のことは頼むよ」

「わかってるわ。あ、待って」

紀子はインターホンへ走って、

「正実君、おとうさんから電話よ」

と声をかけた。

「わかったよ」

いくらか生気のある声だった。紀子が受話器をもう一度取り上げると、カチンと音がした。正実が、台所の親子電話を上げたのだろう。

「やあ、パパ……」

「どうだ、おとなしくしてるか？」

「まあね」

――紀子は受話器を置いた。ふたりの話、特に正実がなんというか聞きたかったが、盗み聞きされたと思われるのもいやだ。

テレビのドラマを最後まで見て、紀子は立ち上がった。もう正実は部屋へもどっているだろう。

台所へはいって行くと、案の定、正実の姿はなく、食べ終わった皿が、ポツンとテーブルにのっていた。

紀子はなんとなくうれしい気分だった。――皿を洗って、再びインターホンへ向かった。

「正実君、そろそろ寝る時間よ」

といった。どうせ素直に眠るはずもないが、そういっておけば自分の仕事は終わったことになる。

「わかったよ」

意外に素直な返事が返って来た。

「ちゃんとお風呂《ふろ》にはいってね。自分のお部屋のにはいるんでしょう?」

「あたりまえじゃないか」

正実の声にはおもしろがっているようなひびきがあった。

「一緒にはいろうっていうのかい?」

「そんなつもりでいったんじゃないわ」

紀子は赤くなっていった。

「パパとは一緒にはいったくせに」

そういって正実は笑った。

「おやすみなさい!」

紀子は投げつけるようにいった。


十一時を過ぎると、疲労がからだに広がって来るのがわかる。

特別、何をするというのでもない。秘書として働いていたころの、あの毎日に比べたら、ほとんど何もしていないも同然なのに、どうしてこんなに疲れるのだろう。

戸締まりを見て、風呂へはいって、眠る――それだけのことをするのが、ひどくおっくうで、なかなか居間のソファーから立つ気になれなかった。

それでも、いつまでもこうしているわけにはいかない、と自分にいい聞かせて、やっと腰を上げたのは、もう十二時に近かった。昨夜は、彼とふたりだった。——十一時には寝室へ行き、風呂へはいって、それからベッドにはいった。何があろうと、もうこの人から一生離れまい、と思った。年齢の差も、こどもがいることも、ひとつのベッドの中で身を寄せ合っていると、少しも気にならず、どうしていままで、そんなことを思いわずらっていたのかと自分で不思議になるほどだった。

いま、彼はいない。彼がいない、ということだけで、これほどに夜が長く、むなしいものか……。

戸締まりを見て回り、明かりを消して、階段を上がって行った。上がった最初のドアが紀子の、いや、夫婦の寝室で、正実の部屋はいちばん奥になっている。

部屋へはいって、無意識にドアにチェーンをかけようとして手を止めた。——どうすべきだろうか？　この家の中には母と息子だけしかいないのだ。べつにチェーンなど必要ないではないか。

それでも、紀子は自分でもわからない理由で、ドアにチェーンをかける衝動に抗しきれなかった。風呂へはいる間、かけておいて、眠るときになったらはずそう、と決めた。

分厚いカーテンをきっちりと閉めて、紀子はベッドのそばで服を脱ぎ、浴室へ行った。熱い湯を浴槽《よくそう》に満たして、からだをひたすと、快いだるさがからだへしみこんで来るようだ。

西洋式の浴槽なので、ほとんど寝そべるようにしないとからだが湯につからない。それがよけいに、からだのけだるさを誘っているような気がした。

昨夜は大変だったわ。

思い出して、紀子はくすくす笑った。何しろこの狭い湯船にふたりではいろうとしたのだ。湯が溢《あふ》れて、バスマットも何も水びたしになってしまった。ふたりは一緒になって笑った。

紀子は、そんなふうにはしゃぐ彼を、初めて見た。やっと自分が彼の妻になったのだという実感が湧《わ》いて来たのも、そのときだった。

たったひと晩だけで彼がいなくなってしまったのは寂しいが、三日だけの辛抱、いやきょう一日はもう終わったのだ。あと二日だけ待てば、彼は帰って来る。

そうしたら、また一緒に風呂へはいって、一緒に大笑いすることもできるのだ。

——そう考えて、ふと紀子は気づいた。

正実は、パパとなら一緒に風呂にはいるくせに、といった。しかし、どうしてふたりが一緒にはいったことを知っているのだろう？

ただ想像で物をいっているだけなのか。そうでなければ……。

二日目、朝

思いのほかよく眠って、目が覚めたのは、九時だった。

「いけない！」

正実がもう起き出しているかもしれない。慌てて服を着て階下へ下りて行く。驚いたことに台所のほうから、コーヒーの匂《にお》いがしている。

「正実君……」

と声をかけながらはいって行ったが、正実の姿はなかった。テーブルの上には、コーヒーポットと、使っていないカップ、フランスパンふたきれ、チーズなどが並べてある。どう見ても、食べたあとというのではない。食べる支度がしてあるという感じである。

「正実君」

と呼んでみたが、返答はない。

「どこにいるの？」

居間をのぞいてみたが、テレビがつけっ放しになったままで、正実の姿はない。紀子はテレビを消して台所へもどった。

「どこに行ったのかしら？」

テーブルにつこうとして、カップの下のメモに気づいた。

『おはよう。勝手に食べたから、外を歩いてくるよ』

紀子はフウッと息をついた。ともかく少しはのんびりできる。――のんびり？　いやというほどのんびりしているのに、と紀子は思った。これ以上、どうのんびりすればいいのか。

しかし、正実のことを考えると、落ち着いていられないのは事実だ。何かしなくてはいけないという思いに駆られる。それでいて何をしていいかわからない……。

ともかくゆっくり顔を洗って来よう。――紀子は二階へもどると、顔を洗い、簡単に化粧をすませた。

鏡の中の顔はまだ十分に若々しく、なんの化粧も必要ないように見える。紀子は、追いまくられるように忙しかった日々が、かえって自分の若々しさを保ってくれていたのかもしれないと思った。これからは――これからは、ただ老けるだけ。

「何を考えてるの」

と紀子は鏡の中の自分に笑いかけた。

「あなたはまだこんなに若いのに……」

少しさっぱりした気分で下りて行く。その間、ものの十五分とたっていなかったはずなのに、台所へはいって紀子は目を丸くした。テーブルに、まだ熱そうに湯気を上げるスープと、目玉焼きが並べられているのだ。

またメモがついていた。

『パンとコーヒーだけじゃ寂しいと思って、両目にしたからね』

なんて子だろう。まるで猫のように、足音もたてずに歩き回っているのだろうか？　さっきも、外へなど行ってはいなかったのだ。きっとどこかに隠れて、彼女のようすを見ていたのにちがいない。

紀子は、ちょっと薄気味悪い思いで周囲を見回した。どこかで正実が見ているような気がしたのである。いったい、どういうつもりなのだろう？　こんな食事の支度までして……。

なかなか器用なこともだということは認めなければなるまい。目玉焼きなど、形も崩れず、上手《うま》くできている。コンソメのスープはインスタントだろうが。

「じゃ、ごちそうになりましょうか」

と呟いて、紀子は席についた。

「両目じゃないじゃないの」

と笑う。両目というのは、むろん目玉焼きふたつのことだ。皿にはひとつしかのっていない。そこが、やっぱりこどもなのね、と微笑む。

スープ皿のわきに、ちゃんとスープ用のスプーンも置いてある。冷めないうちに、と紀子はスプーンを取った。

最初は、それが何なのかわからなかった。スープの底から何かが……自分の顔が映っているだけなのかと思った。スプーンですくってみると、それはヒョイと持ち上がって来た。

人間の目玉だ。

悲鳴をあげて紀子はスプーンをほうり出した……。

プラスチックの義眼。テーブルに置くと、安定が悪いのか、グラグラと揺れる。

紀子はじっとその目を見つめた。相手もひとつだけの目で彼女を見返している。不愉快になるのでその目の向きを変えようとするのだが、妙につぶれた球形をしているせいか、いつもヒョイと向きを変えて彼女のほうをにらみつける。

心臓が止まるかと思うほどのショックから、紀子はやっと自分を取りもどした。スープはもちろん、目玉焼き、コーヒーも全部捨ててしまった。改めてコーヒーをいれ直す。――腹を立てるまでに時間がかかった。あまりのことに、驚きからさめるだけで容易ではなかったのだ。

いったい、なんという子だろう。この悪ふざけはやめさせなければならない。――彼に電話しようか?

「それはだめだわ」

多忙な彼をわずらわせることはできない。これぐらいのことが自分で解決できないのでは、妻の座、母の座はつとまるまい。

それにしても、こういう子には、どう対処すればいいのか。紀子には見当もつかなかった。単なるいたずらではない。極めて計画的に、かつ効果を計算したいたずらである。

メモに『両目にした』などと書いたのを見ても、その辺がちゃんと計算ずくだったのがよくわかる。どうせ家の中のどこかで、彼女が悲鳴をあげて飛び上がるのを見て楽しんでいたのにちがいない。

紀子はインターホンのほうへ歩いて行った。

「正実君。聞いてるの？　返事をして」

　答えはなかった。

「いいこと。いたずらが悪いとはいわないわ。でも、けじめというものをはっきりつけて――」

　紀子は言葉を切った。玄関のほうで、ドアがバタンと鳴るのが聞こえたのだ。

「正実君！」

　紀子は駆け出した。

　玄関のドアのチェーンがはずれて揺れていた。表へ出て、前庭を見渡す。正実の姿はどこにもなかった。何しろすぐ林である。そこへはいり込んでしまえば、捜しようがない。

　紀子は諦めて肩をすくめた。

　勝手にすればいいわ。もどろう、と思ったとき、開けたままにしておいたドアが急にバタンと音を立てて閉まった。続いてカチリと鍵のかかる音。

　やられた！

　外へ出たと見せかけておいて、玄関のどこかに隠れていたのだ。

「正実君！　開けなさい！」

紀子は、ドアのノブを握ってドアを揺さぶった。何しろ造りは頑丈《がんじょう》である。びくともしない。

「開けなさい！　本当に怒るわよ！」

と叫んだが、なんの返事もない。——紀子は、むだだとは思ったが、ポーチを回って、台所のドアへ行ってみた。正実は万事抜かりなく、裏のドアも鍵をかけていた。

紀子は各部屋の窓を調べて行った。ひとつぐらい、鍵をかけていない窓があるだろうと思ったのだ。しかし期待は空振りに終わった。

紀子は山荘から閉め出されてしまったのだ……。


ポーチに腰をおろして、紀子は気をしずめようとした。どうにも押さえきれない怒りでからだが震えた。半分は、十一歳のこどもにいいように振り回されている自分への腹立ちでもあった。

もうとても私の手には負えないわ。

紀子は思った。あとは父親の手を借りるほかない……。

しかしどうやって彼に連絡を取るのか？　山荘へはいれなければ電話もかけられないのだ。いや……そうだ、車のキーが……。

紀子はスラックスのポケットを探った。

キーがあった！

フォルクスワーゲンには十分ガソリンもはいっているはずだ。車で町まで出れば、店もあるし、電話もある。――紀子はためらわなかった。ポーチでこんなふうにすわっていても仕方がない。

正実にしても、まさか彼女が車で出かけてしまうとは思うまい。少しは相手の意表に出てやらなくては。いつも驚かされるばかりでは、おとなの面目にかかわる。

紀子はフォルクスワーゲンに乗り込んだ。幸い、すぐにエンジンがかかる。チラリと山荘のほうへ目をやってから、車をスタートさせた。

ドライブは快適だった。

窓を開けておくと、冷たい風が髪をはためかせる。いかにもスピード感があって、愉快だった。まだ免許取りたてだから、それほどスピードは出せない。ことにこんな森の中の曲がりくねった道はなおさらである。しかし、それだけハンドルに注意を集中しなければならないので、よけいなことを考えずにすむ。

いまの紀子にはそれがありがたかった。

少し外の空気が必要なんだわ、と思った。

二十分ほど走ると、国道へ出る。その分岐点に、公衆電話のボックスが、ポツンと立っていた。以前はガソリンスタンドもあったらしいが、いまはなくなっている。

車をわきへ寄せて止めると、紀子はダッシュボードから小銭入れを出した。いつも百円玉や十円玉をここへ入れておく習慣なのだ。何かとドライブ中には便利なのである。

十円玉だけえり分けると十五枚あった。少しは話もできそうだ。足らなくなったら、彼のほうからかけ直してもらえばいい。

ボックスへはいり、十円玉をはいるだけ入れて残りを手元へ積み上げ、ダイヤルを回した。彼のデスクに直通の番号である。会社にいるだろうか？

すぐに受話器が上がった。

「小杉です」

彼の声が聞こえて来ると、紀子は目を閉じて息をついた。

「もしもし？」

「あなた、私よ。ごめんなさい、お仕事中に——」

「きみか！」

彼はびっくりしたような声を出した。

「きみ、いまどこからかけているんだ？」

「え？　あの……国道沿いの電話ボックスだけど……」

「どうしてそんな所にいるんだ？」

彼は問い詰めるような口調でいった。

「あの――それが――」

「いま、正実から電話がかかって来たんだ」

紀子は愕然《がくぜん》とした。

「きみが黙って車でどこかに行ってしまったといって、心細くてたまらないと泣き出しそうだったぞ」

「私は――」

「とにかくすぐにもどってやれ。いいか？」

紀子はゴクリと唾《つば》を飲み込んだ。

「……わかったわ」

小杉のほうも少しきつくいいすぎたと思ったのか、ちょっと間を置いて、

「あすには帰れそうだ。留守を頼むよ。大変だろうとは思うが」

「ええ……」

「きみは、何か用だったのかい?」

紀子は低い声で、

「いいえ、べつに……」

「何か欲しいものはないのかい? 帰るとき買って行くよ」

あなただけよ、欲しいのは。

「べつにないわ……」

「そうか。何か気がついたら——。なんだ?」

最後の言葉は彼女へのものではなかった。電話口から離れた彼の声が、

「その件については資料ができてるだろう……」

といっているのが聞こえて来る。

紀子は受話器を置いた。

「またやられたわ……」

いつも先手先手を打って来る正実の素早さと頭の回転の速さに、紀子は舌を巻いた。

これでは負かされっ放しではないか。

しかし、ここで彼女が山荘へもどらなければどうなるか。また父親の所へ電話をして、涙声で訴えるだろう。彼女はぼくが気に入らないんだよ、と……。

フォルクスワーゲンに乗り込んで、しばらく何もせずにすわったまま時間を過ごした。しかしいつまでもそうしているわけにもいかず、エンジンをかけ、ゆっくりと車をUターンさせた。

彼女にとってショックだったのは、単にまた正実にしてやられたということだけではなかった。夫もまた、父親としてはごく平凡な男にすぎないと思い知らされたこと――そのショックのほうが大きかった。

彼女がなぜ山荘から電話せずに、わざわざ車で二十分もかけて電話ボックスまでやって来たのか。普段の彼ならば、そこによほどの事情があるのにちがいない、と気づいてくれるだろう。それを、ただ正実の話をうのみにして……。彼もやはりひとりの父親なのだ。夫である前に父親なのだ。

車を走らせながら、不意に涙がこみ上げて来て目がかすんだ。あわてて目をこすった。カーブが目の前だ。ハンドルを思い切り回す。車はバウンドしながら、なんとか向きを変えた。が、次のカーブがすぐ目の前だった。ハンドルをもどすひまがなかった。立木が視界に飛び込んで来る。紀子は頭をかかえ込むようにして身を縮めた。

車は木に正面からぶつからず、かすめるようにして木の間を抜け、林の中へ突っ込んだ。そして茂みを引きちぎるようにして、細い木へぶつかって止まった。

その瞬間、紀子のからだははね上がって、フロントガラスへいやというほど頭をぶつけた。しかし、衝撃がそれほど激しくなかったので、ガラスは割れずにすんだ。割れていれば重傷を負うところだったろう。

しかし頭のほうが割れたのではないかと思うような痛みが襲って来て、紀子は呻《うめ》き声を上げた。

車の中にいては危ない！　なんとかドアを開けて、紀子は茂みの中へ転がり出た。

そしてそのまま気を失ってしまった。

二日目、午後

紀子が意識をとりもどしたのは、雨の粒が顔を打ったからだった。

茂みの中で、やっとからだを起こす。ガソリンの匂いがした。すぐそばで、自分のフォルクスワーゲンが立木をへし折りながら止まっているのを見ても、いったい自分がどうしてこんなところにいるのか、なかなか理解できなかった。

起き上がろうとして、めまいに襲われ、しゃがみ込んでしまう。少し吐き気もした。しばらくうずくまっていると、少し気分がよくなったが、ショックのせいか、膝《ひざ》に力がはいらず、なかなか立ち上がれない。木につかまって、やっとの思いで立ってみる。——なんとか歩けそうだ。

ともかく、車は使えない。車体そのものは大丈夫そうだし、バンパーやヘッドライトが壊れたぐらいらしいが、ガソリンの匂いがするのは危険だ。まず道へ出よう。

林の中にいるときは、ポツリポツリと当たるくらいだった雨は、実際にはかなりの降りだった。

山荘まで、あとどのくらいあるだろう?

どれくらい走って来たところで事故を起こしたのか、見当がつかなかった。しかし、ともかくここに立っていても、ほかの車が通りかかるという可能性はゼロに近い。国道までもどれば車は通るが、山荘まで寄り道をして送ってくれるような物好きはいないだろう。

仕方ないわ……。

紀子は諦めて歩き出した。山荘へ向かって。——雨が少し強く降り出して、たちまち全身がびしょ濡《ぬ》れになる。額が濡れると、少しヒリヒリと痛んだ。手でさわってみると、少し血がついた。額を少し切ったらしい。

これくらいのけがですんだのが奇跡といってもいいくらいだ。

全く、なんて週末なのかしら。

紀子は苦笑いした。免許取りたてで、買ったばかりのフォルクスワーゲンを壊してしまうんだから。

雨がいっそうひどくなった。からだが冷えて来て、紀子は身震いした。まだ十月とはいえ、この辺は真夏でも夜は毛布をかぶらなければ寒いほどの気候である。雨の日には底冷えのするような寒さなのだ。

早く山荘に着かないと……。

風邪《かぜ》をひいてしまう。――いや、もしあのまま気を失って雨に打たれていたら、からだが冷え切って凍死してしまったかもしれない。

紀子は足を早めた。

しかし車で二十分の道のりである。半分まで来ていたとして、五、六キロはあることになる。歩いて一時間。急がなくちゃ。

雨は、ときおり、やみそうに見えて、また降りつづけた。上空は黒い雲が早く流れて、強い風が吹いているようだった。

豪雨といいたいほどの降りになった。雨は音をたてて木々を洗い流し、道に流れて溢《あふ》れた。たまりかねて、紀子は側《そば》の林へと飛び込んだ。

林の中を歩けば、ずいぶん濡れ方も違っただろうが、背丈ほどもある茂みを歩くのは無理だった。――もう少しだわ。もう少しのはずだわ。紀子は自分にそういい聞かせていた。

少し雨が小降りになったところで、思い切って林を出ると、また紀子は歩きはじめた。からだが冷え切っているのがわかる。歯がガチガチと鳴った。靴は水がはいって、まるで水たまりの中を裸足《はだし》で歩いているようだ。紀子は泣き出したいのを、必死でこらえた。泣いたところでだれも助けには来ない。

これもあのこども——わずか十一歳のこどものせいだと思うと、急に何もかもがいやになって来た。腹が立つよりも、このままどこかへ行ってしまいたいという衝動が起こった。山荘へもどって、またあの正実と一緒にいなければならないのかと思うと……。

そういえば、きのう、彼を送って車で山荘を出てから、一度も正実の顔を見ていないことに気づいた。偶然ではない。わざと正実は彼女の裏をかいて姿を見せないようにしている。なぜ？　いったい何を考えているのだろう？

しかし、ともかくいまはそんなことを考えている余裕はない。一刻も早く山荘へ帰りつくことだ。このままでは肺炎にでもなりかねない。

思いのほか、道は長かった。してみると、事故を起こしたのは、比較的国道の近くだったのかもしれない。国道へ出ればよかった、と思った。正実が心配するはずもないし、たとえ正実が父親にいいつけても、彼女のほうも、じっくり話せば彼がわかってくれるという確信がある。

しかし、もう遅すぎる。いまとなっては、山荘のほうが近いに決まっている。どんなにかかっても、歩きつづけるほかはないのだ。――幸い、雨は小降りになって、上がりかけたようすだった。

学生時代から、彼女が信条としていることがひとつある。それは、もうこれ以上耐えられない。と思ったときが、やっと半分終わったところだ、というのである。マラソンをする。試験勉強をする。炎天下にバレーボールコートの草むしりをする。――そんなとき、いつも自分にそういったものだ。

もうだめだ、って？　じゃ半分終わったところよ。

そう考えることで、気持ちにひとつの区切りがつき、また一から始まるのだという気がする。それがこの信条の利点であった。

ぬかるんだ道は、まるで沼地を歩いてでもいるように、足にからみつき、まとわりつき、足の運びを重くする。しだいに足が上がらなくなって来て、何度か転びそうになった。

不意に、紀子はあることを思い出してハッとした。山荘を示す『小杉』という立て札がなくなっていたことだ。

「まさか……」

知らぬ間に私道の入口を通りすぎてしまったのでないだろうか？　――紀子は立ち

止まって、周囲を見回した。そんな目で見ると、まるで見たことのない風景のような気もするが、なにしろただの林の中である。どこで立ち止まろうと周囲にそう変わりのあるはずもない。

紀子は行くもならず返すもならず、といったようすで立ちすくんでしまった。もし通りすぎてしまったのだったら、行けば行くほど山荘から遠ざかることになってしまう。もしまだ山荘への道まで行きついていないのなら、もどるのは、せっかく縮めた距離をまた引きのばすことになってしまう。

あの立て札を抜いて捨ててしまったのは、正実にちがいない。——紀子はそう思った。まさかこんな事態を予期していたわけではないにせよ、何かの役に立つと思ったのではないだろうか。

しかしともかくいまは、そんなせんさくは無用だ。問題は進むか、もどるか。ふたつにひとつを選ぶことである。歩いている感覚からいえば、もうとっくに着いていていおかしくない。しかし、雨の中、このぬかるみ道である。その感覚はあまりあてにしないほうがいい。

確かなことは、じっとこうして立っていれば、まだ降りつづいている細かい雨にますますからだを冷やされるということだ。

紀子は進むことに決めて歩き出した。あまり先まで行って、それでも着かなかったら、引き返して来る。――そう決めると、心が軽くなった。ふたつにひとつという岐路で決断を迫られたことが、かえって紀子の気持ちを引きしめたようだった。

だが、運のほうでは彼女にいい顔をしてはみせなかった。少し行くと、また雨がひどくなった。顔を伏せて歩いていたのでは、私道の入口を見すごす恐れがある。手をひさしのように目の上へかざして、歩きつづけた。

不意に、紀子は私道へ曲がる角に立っていた。それが近づいて来るという意識は全くなく、突然、そこで足を止めている自分に気づいたのだった。

幻か何かではないかと怪しむように目を閉じては開いて見直した。――まちがいない！

「着いたんだわ！」

急に風が強くなった。雨が横なぐりに叩きつけて来た。紀子は最後の元気をふりしぼって、私道を山荘へ向けて駆け出した。

いままで歩いて来た泥の道に比べると、私道は砂利道なので、ずっと楽だった。二百メートルの距離を、ほとんど頭を下げ、雨に向かって突っ込んで行くような格好で走った。途中で息が切れ、足を緩《ゆる》めたが、もう山荘が木々の合間に姿を見せていた。

ポーチへ駆け上がると、紀子は大きく肩で息をついた。喉《のど》がひりひりと焼けつくように痛い。ともかく、雨だけからは逃れられたのだ。

玄関のドアには鍵がかかったままだった。紀子は呼び鈴を続けざまに何度も押した。

「正実君！　開けて！」

とドアへ口を寄せて叫んだ。

「びしょ濡れなのよ！　開けて！　早く！」

呼び鈴が壊れるかと思うばかりに押しつづけたが、中からはなんの答えもなかった。急に悪寒《おかん》が紀子の全身を貫いて走った。雨は降りかからない代わりに、風だけが濡れたからだに吹きつけて、凍りつくように寒かった。

このままでは熱を出す。

「開けて！　開けなさい！　早く開けなさい！」

力いっぱい、ドアを叩いてみたが、中は墓地のように沈黙したままだ。

紀子はポーチをぐるっと回って、わきへ出た。居間のガラス窓がある。雨の中へ駆け出し、大きな石を取って来ると、思い切り窓へ投げつけた。ガラスが粉々に砕ける。穴から手を入れて鍵をはずし、窓を開けると、中へはいり込む。

居間の中へはいって、紀子は大きく息をついた。やっと帰って来たのだ！　やっと！

「急がなくちゃ！」

ぐずぐずしてはいられない。正実のことも気にはなるが、いまはからだを温めることが先決だ。

紀子は廊下へ出て階段を駆け上がり、寝室へと飛び込んだ。

濡れた服を引きはがすように脱ぎ捨てると、浴室へ行き、熱いシャワーを頭から浴びた。冷え切ったからだに、シャワーの矢が痛いほどに感じられたが、しばらくすると、少しずつ感覚がもどって来る。

「生き返ったわ！」

思わず口をついて言葉が出た。

浴槽に湯を入れて、すっかり沈み込む。このときほど風呂がいいものだと思ったことはなかった……。

たっぷり風呂につかって、寒気や悪寒も引いたようだった。

裸のからだにタオル地のバスローブだけまとって、部屋へもどり、タオルで髪を拭いていると、インターホンから、正実の声がした。

「お帰り」

紀子は怒りを抑えて静かな調子で、

「どうしてさっき玄関を開けなかったの?」

ときいた。

「呼び鈴を鳴らしたの?」

「とぼけないで! あれだけ鳴らして、聞こえないはずないでしょ!」

「トイレにはいってたんだ」

何食わぬ調子で、正実はいった。

「こっちは危うく凍死するところだったのよ!」

「車の中で?」

「歩いてもどったのよ」

「どうしたのさ?」

「車が故障でね」

「ワーゲンは故障しない、ってパパがいってたよ。どこかにぶっつけたんだ、きっと。そうだろ?」

「……ええ、そうよ。木にぶつけたの」

「けがしなかったの？」

「かすり傷ひとつね。――残念でした」

と紀子はつけ加えた。ちょっと間を置いて、正実がいった。

「本当に残念だね」

紀子は一瞬寒気を覚えた。雨に濡れたせいではなかった。

「正実君。……少しゆっくり話し合ってみるときじゃないかしら、私たち」

「何をさ？」

「私たちのことよ」

「ああ。けさのこと、怒ってるんだね」

「スープに目玉を入れたこと？　――そうね、それもあるわ」

「いまはいやだな」

「どうして？」

「女ってすぐヒステリーを起こすだろ。そしたら話なんかできないもの」

「いいこと。よく聞くのよ。あなたは私に何度叱られたって文句がいえないようなことをしたのよ。でも私は叱らない。私はあなたの母親で、この先何年もずっとそうなんですからね。最初からあなたを叱りたくはないの。だから、きょうはけっしてあなたを叱らないわ。——ただ話し合って、あなたの気持ちを知りたいのよ」

「いまはいやだ」

紀子はため息をついた。

「いつならいいの？」

「いまはラジオでいい番組があるんだ」

「だから、いつならいいの？」

「お昼は自分で食べたよ」

「返事をしなさい！」

——インターホンは沈黙した。

紀子は目を閉じた。いまはいやだ、か。そういえば、彼女自身、いまは疲れ切っている。いま、正実と面と向かえば、自分を失ってしまうかもしれなかった。その点は正実のいうとおりだ。

「女はすぐヒステリーを起こす」

か……。紀子は思わず笑ってしまった。いまの十一歳のこどもというのは、みんなこんなものなのかしら？

時計を見ると、二時半だった。

紀子は急にお腹がすいて来た。

冷凍してあったピザをオーブンで焼いて、コーヒーをいれて飲みながら、ゆっくりと食べた。

こうしていると、まるでひとりきりのようだわ、と紀子は思った。静かな林の中の山荘。あの騒がしい都会に比べると、ここは別天地のようでさえある。

ピザを食べ終え、もう一杯のコーヒーを居間へ運んで行くと、紀子はソファーにくつろいだ。——ここで、彼とふたりで並んですわりながらコーヒーを飲む。そんな図を、どんなにか長い間彼女は憧《あこが》れていただろう。

初めて彼と結ばれた翌朝、ホテルの食堂へ下りて行ったふたりは、バイキング形式の朝食でにぎわっている食堂の入口でなんとなく顔を見合わせ、どこか外に出ようと、決めたのだった。

二十四時間営業の喫茶店は、ホテルの食堂に比べてけっして雰囲気《ふんいき》がいいわけでもなかったし、コーヒーの味も、飲み放題のホテルのほうがずっとよかった。

それでもふたりは外へ出たかったのである。けさはきのうまでとは違うのだということを、実感したかったのかもしれない。

ふたりはずいぶんと黙りこくっていた。紀子は、こんなとき、男と女はどんな話をするものなんだろう、と考えた。

ともかく自分のほうから話を始めたくなかった。何をいうにしても、彼に責任を取ってくれと迫るように聞こえると困ると思ったからだ。むろん、彼が男やもめであることは百も承知だったから、それだけに、結婚を狙《ねら》っていると思われるのはいやだった。

彼のほうも、何をいっていいのか、戸惑っているようすだった。――こんなことに慣れた男だったら、あとくされのないようにうまく話をするのだろうが、その不器用さが、彼の誠実さをあらわしているように、紀子には思えたのだった。

彼は困ったような顔であちこちへ目をやり、さんざんコーヒーカップをいじくり回してからいった。

「きょうの説明会は何時からだったかね?」

紀子は大声で笑い出してしまった……。

紀子はソファーにゆったりとからだを沈めて、そっと微笑んだ。もしあのときだけで彼と別れることになったとしても、けっして彼を恨みはしなかったろう。それほどに、彼は誠実な男だった。

しかし、ともかくいまはこうして、彼女は彼と結婚し、彼の留守を守っている。

――えらく古いいい回しだが、そういうのがいちばん適当のような気がした。

自分はいま、幸せだ。――そうでないはずがあるだろうか？

ただひとつの影があるとすれば、それは正実だ。しかし十一歳という、いかにもデリケートな年齢を過ぎて、中学、高校と進んで行けば、母親のことなど目もくれなくなるだろう。そうなれば、ふたりの間にまた新しい感情が生まれて来よう。

せっかちに考えてはいけないのだ。長い目で見なくては……。

そのうちに――そう、彼女自身もこどもを産むだろう。育児に追われるようになれば、何もくよくよと考えている余裕などなくなるにちがいない。

それが生活というものだ。毎日、毎日の積み重ね。一見単調なくり返し。目につかないほどの、わずかな変化が人生を造り上げているのだ……。

紀子はいつの間にか眠気がさして来ているのに気づいた。疲れているのだ。雨の中を、あれだけ歩いて来たのだから。

大時計が三時半を打った。重く、ズンとお腹にひびく音を出す。――まだ早い。少し眠っても大丈夫だ。一時間か二時間。ほんの……ほんの少しの間……。

二日目、夜

目が覚めると、大時計が時を打っていた。見ると六時半だ。

「もうこんな時間！」

三時間も眠ってしまった。

「夕ご飯の支度だわ」

だいぶ眠ったせいか、疲れが取れて、からだが急に軽くなったような気がした。

まだ風呂から出たバスローブのままだったので、いったん寝室へ上がって、服を着替えた。できるだけ若々しい、明るい色のシャツを着た。

階下へ下りたとき、電話が鳴った。急いで食堂へはいり、受話器を上げる。

「もしもし」

「きみか！」

「あなた、どうしたの？　そんなにびっくりしたような声を出して」

「どうしたじゃないよ。大丈夫なのか？」

「え？」

「車だよ。きみのワーゲンが木にぶつかっていると警察から連絡があったんだ」

紀子はハッとした。そうだった。車のことをすっかり忘れていた。

「ごめんなさい、私……」

「大丈夫なのか？」

「ええ。ちょっと額をフロントガラスにぶっつけてすりむいただけよ」

「それならいいけど……」

彼がホッと息をついた。

「いったいどうしたんだ？」

「それが……昼、あなたに電話したあと、帰る途中でハンドルを切りそこねて」

「スピードを出しすぎたんじゃないのかい？」

涙で目がくもって、といいたかったが、やめておいた。

「そんなつもりはなかったけど……」

「まあ、きみが無事ならいい」

「ごめんなさい。そのあと、雨の中を何時間も歩いて帰ったものだから、疲れて、ついさっきまで眠ってたの。警察へ届けなきゃいけないっていうのを忘れていたわ」

「何しろ車が木にぶつかって、だれも乗っていない。付近にもだれもいないというからびっくりしてね」

「心配かけてごめんなさい」

と紀子はいった。

「それから車のほうは大したことないと思うわ。修理しなきゃならないでしょうけど」

「車のことはいい。いくらでも買い替えがきく。きみはひとりなんだからね」

「そうね。……しばらく車は乗らないわ」

「そうしてくれ。用があるときはタクシーを呼ぶといい」

「そうするわ」

紀子は素直にうなずいた。

「車はどうすればいいの？」

「警察ではすぐに来てほしいといっているんだ」

「あなた無理でしょう？」

「きみ、行けるか？……もし出るのがいやなら……」

「いいえ、大丈夫よ」

紀子は急いでいった。

「お仕事をちゃんと終えてから来てちょうだい」

「すまない。飛んで帰れるといいんだが……」

「いいのよ」

「正実のやつはおとなしくしてるか？」

「ええ」

まさか、あなたが出かけてから一度も会っていないのよ、ともいえないではないか。

「あすの夕方にはそっちへ帰れると思う」

「そう？」

「信じないのか？」

「あなたの予定はいつも最低三時間はのびるんだもの」

彼は笑って、

「それは独身時代のことさ。あすの夕食はそっちで食べると約束するよ」

「待ってるわ」

「あてにしないで、かい？」

「そうね」

「じゃ、ともかく地元の警察のほうへはぼくが電話しておく。タクシーを呼んで行って来てくれ。免許証も持ってね」

「わかったわ」

「ただ向こうでは書類上の手続きが必要なだけなんだ」

「ええ」

「心配することはないよ」

「大丈夫よ」

「それじゃ、気をつけて」

「あなたも、無理しないでね」

「わかってる」

「正実君に代わる?」

「いや、いいよ。——それじゃ」

「さよなら」

彼の声を聞いて、慰められてもいいはずだが、なぜか急に寂しさが身に迫って来るような気がした。——本当に大切なことは、どうしてもいえない。なぜだろう? 本当になぜだろう？

　紀子は気を取り直して、台所へ行くと、手早くローストビーフを温めて、盛りつけた。

「正実君」

　とインターホンへ呼びかける。

「壊した車のことで警察へ行って来なきゃならないの。夕食の支度はしてあるから、ひとりで食べていてね。そう遅くはならないと思うけど……」

　返事はなかったが、べつに念は押さなかった。きっと聞こえているのだろう。

　自分もローストビーフをひと切れつまんで口へ入れておいて、二階へ上がり、ワンピースに着替えた。ハンドバッグを手に下へ下りて、電話でタクシーを呼ぶ。――『小杉』の立て札がなくなっていたのを思い出し、急いでつけ加えた。

　私道を出て待っていればいいわ。――バッグの中に鍵があるのを確かめる。また閉め出されてはかなわない。

　玄関の所のインターホンへ、

「じゃ、出かけて来るわ。鍵はかけて行くから。――チェーンはしないでね」

　と声をかけておいて、玄関のドアを開ける。

すっかり雨は上がって、月明かりが白い光を投げている。表へ出て、ドアを閉めようとしたとき、インターホンから正実の声がした。

「ごゆっくり」

紀子は得体の知れない怖さを感じて身震いした。が、すぐに笑って、

「ばからしい！」

と呟くとドアを閉め、鍵をかけた。

外はむろん、街燈などない。しかし月明かりで、足元は明るかった。砂利道なので、比較的水たまりは少なかったが、それでも用心して歩かないと、靴の中に水がはいりそうだった。

途中で、なんとなく山荘のほうをふり返ってみると、月明かりに浮かぶ姿は、まるで怪奇映画に出て来るお化け屋敷のようだった。

二百メートルの道が、ひどく長く感じられた。私道の入口の所で立っていると、十分ほどして、タクシーの灯が近づいて来るのが見えた。

なんとなくホッとして、紀子は我知らず微笑んでいた。

お役所仕事、とはよくいったものだ。山荘の前でタクシーを降りた紀子は、タクシ

ーの赤い尾燈が遠ざかるのを見送りながら思った。

たった二、三枚の書類を作るのに、二時間半もかけたのだ。途中で、

「まあ、お茶でもどうです」

「コーヒーでも」

とすぐに休憩がはいる。彼女に気を遣っているというより、自分たちが休みたいのだろう、と紀子は思った。

ともかく小杉の秘書時代から、てきぱきと迅速《じんそく》な事務処理に慣れている紀子だ。苛《いら》立《だ》ちを抑《おさ》えるのは苦労した。自分が車をぶつけたのが悪いのだと思うから黙って我慢していたが、そうでなければ怒鳴りつけてしまうところだ。

もう十時を過ぎている。正実は寝ているだろうか？　いまのこどもは夜ふかしだそうだから、まだ部屋でラジオでも聞いているかもしれない。

いずれにしても、話し合うにはもう遅い。あすにしよう。あすの夕方には彼も帰ってくる。父親がもうすぐもどるとなれば、正実も素直に話をするかもしれない。

鍵を出して、開ける。――チェーンは、かかっていなかった。中へはいってドアを閉めると、鍵をかけ、チェーンも忘れずに……。

耳を澄ますと、かすかにクラシック音楽らしい調べが聞こえて来る。まだ起きてい

るんだわ。——まあいい。休みのことだもの。口やかましくいっても仕方あるまい。ほうっておこう。

台所のほうへ廊下を歩いて行く。

何の曲だったかしら、これ？

どこかで聞いたことがある。

「私が知っているくらいだから、よほど有名な曲ね」

と独り言をいって、微笑んだ。ベートーヴェン。そうだ。ベートーヴェン。『第五』？　いえ、あれはジャジャジャジャーンだものね。『第九』は合唱つきだし……。

「エロイカ。そうだわ『英雄』だ」

学校の音楽の時間に聴かされた記憶があるわ。これは確か第二楽章の……。そう、『葬送行進曲』だ。


台所の皿はきれいに平らげてあった。皿の下に、またメモがあり、

『ごちそうさま』

と記してあった。やれやれ、と紀子は笑った。これじゃまるで昼メロの恋人たちね。すれ違い、またすれ違いで。

紀子もお腹がすいていた。何しろ警察で、お茶やコーヒーばかりガブ飲みして来たから、変にもたれている感じだ。

冷めたご飯とローストビーフを電子レンジで温めると、紀子はテーブルについて食べはじめた。なんだか、夜食をとっているようで、妙に懐かしい気がする。

学生時代、試験勉強をするのはもちろん好きではなかったが、ただ、夜食が食べられるというのが楽しみだった。母親が気を遣って、からだが温まって、栄養があって、消化がよくて、おいしいもの……といろいろ工夫してくれたものだ。

自分も、正実がそんな年齢になったら、同じようにしてやろう。いまのこどもたちは、あまりに構われすぎるか、そうでなければ構われなさすぎるかのどちらかだ。

任せるべきところは任せ、構うべきところは構う。いまの親にはその判断がつかないらしい。——紀子はそう考えて、おかしくなった。まるで一人前の親になったみたいに、わかったようなことをいっている。

お茶をいれて、最後にお茶づけを一杯かっこんだ。さっぱりして、おいしい。夜食にお茶づけか。悪くない。

テーブルにコーヒーポットがのっていて、まだ二杯分ほどのコーヒーが残っていた。正実が自分でいれたらしい。これはあまり感心できない。十一歳の少年が、本物のコーヒーを、夜飲むのでは、眠れなくなる。

紀子はコーヒー好きである。高校のころから自分でいれて飲むようになったし、喫茶店を渡り歩いて、おいしい店があると聞くと、わざわざ電車に乗ってまで出向いたものだ。

「その熱心さの半分も勉強に熱心なら、すぐ優等生だがね」

母はよくそういって笑ったが、べつに怒りはしなかった。母自身が大変なコーヒー党だったからだ。――その母は、紀子が二十歳のとき、死んだ。コーヒーとは関係ない、心臓の病気だった。

テーブルにはコーヒーポットのほかに、まだ使っていないカップがひとつ伏せてあった。飲めということだろうか？　正実自身も同じカップで飲んでいたらしい。ということは、これは紀子の分なのにちがいない。

どういうことなのだろう？

少しは彼女に悪いことをしたと思っているのか。それとも――いや、いい意味にとるべきだろう。正実からの、ちょっとしたプレゼントなのだ。

わざわざ礼はいわないことにした。口をきけば、また双方意地のはり合いになるのは目に見えている。黙って飲んでおけばいい。あすになって、自分のいれたコーヒーを彼女が飲んだと知れば、きっといい気分になるだろう。

いま、ふたりの間に必要なのは、抽象的な話合いよりも、そういった共通の感覚——というと大げさだが、一緒に何かを経験することなのかもしれない。

紀子はポットをガスの火にかけて温め直してからカップに注いだ。冷蔵庫から牛乳を出して入れる。粉のクリームはきらいだった。いつも牛乳にしている。粉は脂《あぶら》っぽくてくどくなるからだ。

砂糖なしで飲んでみて、ちょっと苦味《にがみ》が強すぎるので顔をしかめた。温め直したせいもあるのかもしれない。砂糖をひとさじ入れると飲みやすくなって、おいしくなった。『ひとさじのお砂糖』か。そんな歌があったなと思った。何かのミュージカル。そう、『メリー・ポピンズ』だ。いえ、『サウンド・オブ・ミュージック』だったかしら？

——違う、違う。『メリー・ポピンズ』だわ。どっちもジュリー・アンドリュースだったから、ごっちゃになってしまう。

ひとさじのお砂糖で、苦い薬も楽に飲める……。そんな歌だったっけ。自分にとって、ひとさじの砂糖は何なのだろう？　——愛？　それじゃあんまり月並みだ！　彼のキス？　そうかもしれない。

あの映画には、それから、えらく長い呪文《じゅもん》の歌があった。それを唱えるとなんでも望みが叶《かな》う。ちゃんと覚えているんだ。何しろあの映画を五回も観たのだから。スーパーカリフラジリスティックエクスビアリドーシャス。どう？　ちゃんと、まだいえるんだから。私にとって、万能の呪文は？　――小杉紳吾。ワンパターンね、本当に！

紀子は笑った。なんとなく心が軽くなって、楽しかった。きょう一日の疲労と緊張の反動なのかもしれない……。

少し瞼《まぶた》が重くなって来た。疲れているのかしら？　――コーヒーで眠くなるなんて、妙ね。もう十一時？　もう寝なくちゃね。風呂へはいってから……。風呂は一度はいったけど、やっぱりもう一度はいっておこう。あの警察でノミでも拾って来たのかもしれない。

そんなに汚かったというわけじゃないが、犬をかかえたおばさんが来ていて、犬がひっきりなしにからだをかくので、毛がやたらに飛び散っていたっけ。服につかないようにと、気になって仕方なかった。

でもずいぶん眠い。今夜はこのまま眠ってしまおう……。ともかく上へ行かなくちゃ。その前に洗い物をすませて、戸締まりを見て。――そうだ。昼間、叩き割った窓がある。何か板でも打ちつけておかなくちゃ。うっかり忘れていた。お皿を洗って……戸締まり……窓……ガラス……板……。

紀子はテーブルに顔を伏せて、そのまま眠りに落ちてしまった。


胸を鉛《なまり》で押しつけられたような胸苦しさに、紀子は目が覚めた。なんだろう？　どうしたんだろう？　息が……息ができない……。

ガスだ！　ハッと紀子は顔を上げた。いつの間にか床に伏せて倒れている。

「ウ……ウ……」

呻《うめ》くような声がかろうじて出た。上体をやっと起こしたものの、四肢は鉄の塊《かたまり》のように重く、思うように動かない。

ここのガスはプロパンだ。空気より重いから、床に淀《よど》む。上へ出れば、顔を上へ出せば……。

紀子は必死の思いでテーブルの足につかまり、椅子の台座につかまって、からだを引っ張り上げた。シューシューと、ガスの放出される音がしている。早く止めなくては。そして窓やドアを全部開けて……。

やっと顔がガスの上に出て、紀子は喘《あえ》ぐように呼吸した。空気が足らなくて水面で口をパクパクする金魚のようだ。ともかく胸の圧迫感が軽くなった。

よろけるような足取りで、ガス台のほうへと歩いて行き、コックを閉じる。それから、よろよろと裏口のドアのほうへ行った。鍵をはずして、ドアを開けると、紀子は転がるように外へ飛び出した。

服が汚れるのも構わず、庭の土に膝をつき、ハアハアと大きく呼吸をくり返した。頭がしびれるように重く、吐き気がした。

夜の冷たい、新鮮な空気をしばらく吸い込んでいるうちに、少しずつ気分もよくなって来た。——危うくガス中毒だ。

いったいどうしたというのか？　何があったのか？　——少し考えてみようと思ったのは、庭へ出て、三十分以上もたってからだった。

ガス台の栓《せん》は三つとも全開になっていた。自分でそんなことをするはずがない。そして床に寝ていたのはなぜなのか……。

コーヒー。あれを飲んで、眠ってしまった。

紀子は、ただひとつの結論に行きつかざるを得なかった。

正実だ。コーヒーに睡眠薬を入れ、プロパンガスのコックをひねっておいて、彼女を床におろしたのだ。ぐったりとしたおとなのからだを動かすのは、十一歳の少年には大変だろうが、持ち上げるわけではなく、寝かせればいいのだから、できないことはない。

紀子はじっと、山荘を見上げた。——正実が自分を殺そうとした。悪夢ではない。現実なのだ。殺そうとしたのだ。

紀子は慄然《りつぜん》とした。

二日目、深夜

台所へはいると、もうあらかたガスは消えているようだったが、まだずいぶん匂いは強く残っていた。

からだのだるさはほとんど抜けていた。頭痛と吐き気はガスのせいというより、睡眠薬のせいではないかと思った。

それにしても、目覚めるのがもう少し遅かったら、からだがいうことをきかず、そのまま死んでいただろう。

薬の量があまり多くなかったか、それとも、紀子が以前睡眠薬を飲んでいた時期があったので、効き目が薄かったのかもしれない。

むずかしい問題が目の前に横たわっていた。正実は明らかに殺意をもって、彼女を殺そうとしたのだ。どうすればいいのだろう？　いたずらとはわけが違う。ほうっておくというわけにはいかない。

相手は十一歳だ。しかしそう思ってこども扱いしてかかるとひどい目に遭《あ》うにちがいない。法律的に未成年なのだから、親に責任があることになる。自分も正実の親だ。しかし、親を殺そうとした子を、いったいだれが警察へ引き渡すのか？

ともかく、このままにはしておけない。

紀子は決心した。彼に知らせて、即刻帰ってもらおう。もう仕事がどうこういっているときではない。

紀子は電話へ歩み寄り、受話器を取って、ダイヤルを回そうとしたが、そのとき、発信音が聞こえていないのに気づいた。受話器をいったんもどして、もう一度取ってみたが同じだった。フックをガチャガチャと叩いても、ウンともスンともいわない。

紀子は、諦《あきら》めた。――なんという恐るべきこどもだろう。電話線を切ったのにちがいない。ここでかからないのだから、ほかの部屋でもかからないだろう。一応ためしてみるにしても、望みは薄い。

しかし、正実はいま、どこにいるのか。自分の部屋にいるほどばかではあるまい。そうなると、どこかで彼女を殺すべく、ほかの方法を練っているのかもしれない……。

「よく助かったね」

突然、インターホンから声がして、紀子は飛び上がった。

「薬が足りなかったんだ。そうなんだよ。少ないと思ったんだけどね。コーヒーに入れたのもまずかったかな。コーヒーは興奮剤だしね。でもコーヒーくらい苦《にが》くないと薬の味がわかっちゃうだろ」

「正実君……」

「正実君、どこにいるの？」

「いわないよ。いえばぼくをつかまえようとするんだろ」

「どうして……どうしてあんなことを？」

「簡単だよ」

正実はいった。

「あんたを殺したかったのさ」

「私がそんなにきらい？」

「あたりまえじゃないか」

「前のママのことが忘れられないのね？　でも、ママは死んだのよ！」

「ばかだなあ」

「え？」

「ママのことなんて関係ないよ。ただ、ママを持ち出しゃ、そっちは黙るだろ。だからいってただけ」

　紀子は言葉がなかった。正実は続けた。

「パパのことさ」

「パパが……どうしたの？」

「ぼくとパパはうまくやってたんだ。仲がよかったんだ。本当だよ。ぼくは、どんなに遅くなってもパパの帰るまで起きてたし、パパだって、休みが取れたら、必ずどこかへ連れてってくれた。ふたりで本当に楽しかったんだ。それが――」

「私のせいで変わったっていうのね？」

「そうさ！　貴様がのさばり出してから、パパは仕事が終わっても、まっすぐ帰って来なくなったし、休みの日も出かけちまうようになったんだ！　貴様がパパをあんなふうにしたんだ！」

「正実君、それは違うわ。パパだってあなたにいつまでもおかあさんがいなくてはよくないと思って――」

「ふざけるんじゃねえや！」

「正実君――」

「ぼくなんか邪魔者なんじゃねえか。いなけりゃどんなに気が楽かと思ってんだ。そうだろう!」

「正実君、あなたはパパを好きなんでしょう? それだったら、パパの幸せを考えなきゃいけないわ。パパはまだ若いのよ。奥さんをもらって、ふたり目、三人目のこどもを——」

「やめろ!」

正実が甲高《かんだか》い声で叫んだ。

「パパはぼくひとりのもんだ!」

「正実君!」

「それで終わったと思うなよ。朝までに殺してやる!」

「いい加減にしてよ!」

紀子は怒鳴った。

「あんたはこどもなのよ! ばかなまねはよしなさい!」

「いばってりゃいいや。いまのうちだよ」

「捕まえて警察へ突き出すわよ!」

「貴様なんかに捕まるもんか!」

いったい正実はどこでしゃべっているのだろう? 廊下か? 自分の部屋か? そ

れとも……。

「電話は使えないぜ」

と正実が得意げにいう。

「車もないし、逃げられやしないんだ。諦めろよ」

そのとき、インターホンを通して、時を打つ、大時計の音が聞こえて来た。

居間にいるんだ！　――紀子は食堂を飛び出した。廊下を駆け抜け、居間のドアを、思い切り開け放つ。

見たところ、居間には人影がない。

「そんなはずはないわ……」

どこかに隠れている。ソファーの後ろか、下か。――逃げる余裕はなかったはずだ。居間を出れば廊下で行き合うはずだし……。

紀子はゆっくりと足を居間の中へ踏み入れて、ひとつひとつ、ソファーの後ろや下をのぞいて行ったが、正実の姿はない。

「そんなことが……」

ふと見た大時計にハッとする。時計の針は、一時十五分になっていた。さっきインターホンで音を聞いてから、まだせいぜい五分だ。するとさっきの音は……。

「テープレコーダーだわ！」

テープに大時計の音を入れておき、インターホンのそばで聞かせたのだ。紀子は唇をかんだ。また、やられた！

しかし、なぜ正実はそんなことをしたのか？　からかってみせただけか？　――いや、いまの正実はもっと真剣になっている。

すると、紀子をこの居間へ誘い出したのは、台所に用があったからかもしれない。

紀子は居間を出て、台所へと取って返した。台所へ駆け込むと同時に、庭へ出る裏口のドアがバタンと音をたてて閉じた。庭を走る足音。

「待ちなさい！」

飛び出しかけて、紀子は一瞬、台所の中を見回した。正実がここへ来たのはなんのためだったのか？　裏庭へ出るだけなら、窓からでも出られる。ここに何か目的が……。

ふと目が包丁《ほうちょう》掛けに止まって、ギクリとした。一本欠けている。小さくて、先の尖《とが》った肉切り包丁が……。

裏口のドアをそっと開けて、紀子は外をのぞいた。

暗い。いや、月明かりはあるのだが、林の中には光も届かない。小さな庭を横切ると、すぐに林へはいって行くのだ。その先は闇夜《やみよ》より暗い暗がりである。

正実はどこにいるのだろう？　あの林の中へはいったのなら、夜の間はまず見つからない。

出て行くのは危険だ。どこに正実が潜んでいるかもしれず、しかもあの包丁は人を刺すのにも十分な切れ味だから。

紀子は、ドアを閉め、鍵をかけた。今度はこっちが正実をしめ出してやる番だ。追って来ると期待しているのなら、肩すかしを食らわせてやる。

明るくなれば、なんとでも方法はある。夜明けまで、じっと中で待っていよう。

紀子は台所の引出しからビニールテープを取り出すと、一階のインターホンをひとつずつ回って、ボタンを全部押した状態にして、テープで止めておいた。こうしておけば、どこかの部屋の窓ガラスを割ってはいろうとしても、音でわかる。

紀子は各部屋のドアを全部開け放しておいた。少しでも見通しがいいように、だ。

自分で壊した窓の所へは、サイドボードを動かしてふさいだ。これをむりに動かそうとすれば、中のグラスが割れて派手な音をたてるにちがいない。

紀子は台所にもどって、時の過ぎるのを待った。

もう三十分以上、コトリとも音がしなかった。いったいどこにいるのだろう？　何を考えているのだろう？

こどもの集中力には、とてもおとなのかなわないものがある。――何かひとつを思いつめたら、いつもはどうしようもなく飽きっぽいこどもが、驚くような粘りを発揮する。いまの正実もそうなのかもしれない。

それほどに彼女が憎いのか、殺せばただですまないことぐらい、十一歳にもなればわかっていそうなものだが。

紀子は、ふと顔を上げた。頭の上で、何か物音がしたような気がしたのだ。――気のせいだろうか？　だが、確かに床板のきしむ音のようだった。

二階へ？　あの虚弱に見える子が二階の窓までよじ登って行くなどということがあるだろうか？

――紀子はハッと気づいた。庭には道具小屋がある。あそこには折りたたみ式の梯《はし》子《ご》があったはずだ。彼がいっていたことがある。雨どいを直すので梯子にのぼることもあるんだ、と……。

この台所の真上は――紀子たちの寝室である。窓に鍵をかけてあったはずだが。しかし、はいるのはバルコニーから自分の部屋へはいったのかもしれない。

紀子はしばらく迷ってから腰を上げた。相手は包丁を持っている。――どうすればいいだろう？　こっちも何か持って行くか？　しかし、万一本当に争いになったとき、正実を刺してしまいかねない。それだけは避けなければ！

といって、無防備で行くのは危険すぎる。迷ったあげく、結局、何も持たずに行くことにした。大きなこん棒を手にして行くのも、あまりおとなげないではないか。十分に用心していれば大丈夫だ。

廊下をそろそろと歩いて、階段の下から、上のようすをうかがった。――しばらく耳を傾けていたが、何の物音もしない。

思い切って、紀子は階段を上がり出した。自分たちの寝室のドアは閉まっている。中にいるのだろうか？　はいって来る彼女をひと突きにしようと、包丁を構えて待っているのだろうか？

紀子はノブを回すと、ドアをパッと開けた。――何も起こらなかった。ドアは壁にぶつかって、ゆるくもどって来た。正実は見えなかった。油断は禁物だ。紀子は慎重に、ベッドの下や、浴室をのぞいてみた。やはり、さっきの音は気のせいだったのか……。

下へもどろう。――そう思って、部屋を出ようとした紀子は、なにげなくもう一度部屋を見回した。そのとき、それが目についた。

あれはなんだろう？　ベッドの頭の板からぶら下がっているものは……。近づいてみて、小さなマイクらしいということがわかった。

「どうしてこんな所に……」

と手に取ってみる。手のひらにはいる超小型のマイクで、コードがベッドの下へのびている。――紀子の顔が紅潮した。

正実だ！　正実がこのベッドに隠しマイクを仕掛けていた。目的は明らかだ。――それでは、ふたりで風呂へはいったのを知っているのも……。紀子は浴室へはいって行った。浴槽の真上の通風口から、同じ超小型のマイクがぶら下がっていた。

紀子は力をこめてマイクを引きちぎった。――これが十一歳の少年のすることだろうか？　もう正実を許せない、と思った。

しかし正実は、やはりここへ来たのだ。そして、マイクをわざと目につくようにしておいたのだ。こんなふうにしてあれば、気づかないはずはないのだから。

正実はどこへ行ったのだろう？　自分の部屋か。それともどこかの空き部屋にひそんでいるのだろうか。

そのとき、突然、音楽が大音響で鳴り出した。正実の部屋だ。急いで廊下へ出て、そのほうへと歩きかけて足を止めた。

いけない！　これも罠《わな》かもしれない。あまりに大々的すぎる。そっちへ注意をひきつけておいて、何かやるつもりかもしれない。ともかく、いつも裏をかかれつづけているのだ。正実の手にのってはいけない。

二階でこんなに派手に音を鳴らすとは……一階に用があるのかもしれない。音楽ぐらい、テープレコーダーにタイマーをセットすれば、いくらでも好きなときに鳴らせる。

きっとそうだ。正実は階下にいる！

紀子は向きを変えて階段を駆け下りて行った。踊り場から下へ踏み出したとき、足が何かに引っかかった。

「アッ！」

と短い声を出して、紀子は階段を転がり落ちた。

途中からだったので、それほどの痛みはなかった。しかし、したたか腰を打って、しばらく起き上がれなかった。

またやられた！

紀子は歯ぎしりした。正実は彼女の動きを読んでいたのだ。彼の部屋をのぞいて、テープだけが回っているのに気づけば、当然彼の目的は下にあると思って、階段を駆け下りて来ると予想していたのにちがいない。

全く、なんということもだろう。

しかし紀子の驚きはそれで終わらなかった。からだを起こしてふと横を見、目を見張った。――あの肉切り包丁が、尖った切先《きっさき》を上へ向けて立ててあったのだ。厚紙をうまく台に作って、そこへ包丁の柄《え》をさし込み、刃が上を向くようにしてある。それが階段の下の中央に置いてあった。

もし紀子がこの上へ落ちて来たら、まともにこの刃がからだへ食い込んだろう。――ほんの数センチの差だった。

紀子は顔から血の気の引くのを感じた。

立ち上がると、包丁を手に取った。――これを持っていよう、と思った。こどもを相手に、などといっている場合ではない。

それにしても、正実はまたどこへ姿を消してしまったのだろう?

台所へもどってみて、紀子は、正実が早くも次の準備を進めていることを知った。包丁掛けから、また一本、包丁が消えていたのだ。

三時になった。あと二時間すれば夜が明けて来る。——家の中は静まりかえって、コトリとも音がしない。それがかえって気味が悪い。

いったい正実は何を考えているのだろう？　持って行ったのは、肉切り包丁よりだいぶ大きな包丁だ。——紀子は手にした肉切り包丁をじっと見つめていた。

これが、もしかすると自分の胸に突き刺さっていたのかもしれないと思うと、鳥肌が立った。そして十一歳の少年が、あんなことを考えたのかと思うと、いっそう寒気がする。階段の踊り場のところには、たぶんラジオか何かに使うのだろう、細い針金がピンと張ってあった。ごく簡単な仕掛けだ。

次にどんな手を打って来るつもりか。予測もつかない。

居間の大時計が三つ、鳴った。——少し遅れているわ。台所のデジタル時計を眺めて、紀子は思った。

不思議なもので、大して時間に神経質でない人が、文字の出るデジタル時計を持つと、とたんに一分の狂いにもうるさくなる。だからといって、約束の時間などにルーズだった人間が時間を守るようになるかというとそうではないのだ。

彼は、恐ろしく多忙なスケジュールだったから、本当に極端なときは、分刻みの行動だったが、少々の狂いはあっても、従来の、長針と短針の腕時計をしていた。むろんジャガー・ルクルトの、七、八十万円もする高級品ではあったが、それでも正確さはデジタルに及ばない。しかし彼はデジタルの時計がきらいだった。

「あれには幅がないよ」

といつもいっていた。針を見て、大体何分くらい、ということがない。十二分なら十二分、十三分なら十三分。前後のしようがない、そこがいやだといった。「大体のところ」――それが人間には必要なのだ。少しぐらいのプラスマイナスは気にしない、という気持ちが。

「まあ数学のテストがこれじゃ困るけどね」

といって笑ったものだ。

あの彼と、いま、自分を殺そうとしている正実と。――なんと似ても似つかぬ親子だろう。もっとも、正実のようなこどもを、多忙な仕事のためにほうっておいたのは、やはり彼の責任にはちがいない。

このまま無事に朝を迎えて、彼がもどって来たら、どうなるのだろう？　何事もなかったような顔はできない。といって、正実を病院や施設に入れるようなことを、彼がするだろうか？

もし、そうなったとして、彼と紀子が、夫婦としてうまくやって行けるのだろうか？

紀子は絶望的な気分になっている自分に気づいた。もし、自分も正実も、どちらも傷つかずにすんだとしても、この問題はいつまでも尾を引くにちがいない。彼との間にも影を投げるだろう。

いっそ、自分が出て行こうか、と思った。それで彼と正実が、また以前の生活にもどるのならば……。

いや、だめだ、と思い直した。たとえ自分が身をひいても、それが解決にはならない。

問題はもはや継母《ままはは》と息子といった次元ではないのだ。正実が、人殺しをしようとしているという点なのだ。

いまはただ、無事に朝になってくれることだけが望みだった。そして早く彼がもどって来てくれることが……。

三時二十分。――正実は何をしているのだろう？

そう自問したときだった。家じゅうの明かりが消えて、山荘は完全な闇に包まれた。

三日目

しばし、紀子は動けなかった。不意に目かくしをされたような気分だ。——いったいどうしたのだろう？　考えてから、すぐに、呟いた。

「わかってるじゃないの！」

正実が電気の安全器を切ったのだ。——全くの闇だったが、外には月明かりがある。紀子は肉切り包丁を手に、そろそろと立ち上がり、まるで水の中を泳ぐような格好で窓まで行って、カーテンを開けた。いくらか光がさし込んで、少し目も慣れて来たのだろう。ぼんやりと台所のようすがわかって来た。

正実の意図がわからないだけに、気味が悪かった。ただ紀子をおどかすために暗くしたのだとは思えない。何か考えがあるのだ。

ともかく、こっちからは動かないでいようと思った。

この台所にいる限りは安全だ。すぐに裏口からも飛び出せるし、目も慣れている。

じっと、窓のそばに、包丁を手に立っている自分の姿が、どう見えるだろうかと思って、紀子は苦笑した。安手のスリラーか何かの一場面だわ……。

突然、電話の鳴る音に紀子は飛び上がらんばかりに驚いた。

台所ではない。居間で鳴っているらしいのだが、針を落としても聞こえるような静寂の中では爆弾が落ちたようなショックだった。

とっさに、正実の罠だと思った。彼女をおびき出すつもりだ。大体、電話は通じないはずではないか。きっとあれもテープレコーダーか何かで……。

電話は鳴りつづけた。――あれが録音した音だろうか？　闇へしみわたるように鳴りつづけるあの音が……。

紀子は、居間の電話が親の電話になっていると聞いていたことを思い出した。親の電話だけが通じるようにするのはむずかしいことではあるまい。しかし、正実自身が、「電話は切ってある」といっていた。――それとも、また通じるようにしたのだろうか？　そんなことが十一歳のこどもにできるだろうか？

電話は鳴りつづけている。もし、あれが罠でなかったら？　もし彼からの電話だったら……。

いけない！　だまされてはだめ！　正実はきっと電話のそばで待ち構えている。包丁を握りしめて。

電話は鳴りやんだ。——紀子はホッとした。いっそ鳴ってくれていないほうが、よほど気が楽だ。だが、少し間を置いて、また電話は鳴り出した。

ほとんど衝動的に、紀子は動いた。台所を飛び出し、居間へと走った。廊下は全くの闇だが、部屋のドアを全部開け放してあるので、いくらか光が見える。

居間へ駆け込んで、包丁を構え、中を見回す。月明かりがまともにさして、思いがけないほど明るい。一瞥《いちべつ》しただけでは、正実の姿は見えなかった。

電話は本当に鳴っていた。

むろん、正実がどこかに隠れていないとはいえない。油断なく部屋の中を見回しながら、紀子は電話へ近寄って行った。

受話器を上げる。

「はい」

と押し殺した声を出すと、

「ああ、松井さんかい?」

と聞いたこともない男の声が飛び出して来た。——一瞬、紀子は言葉が出なかった。

「おれだよ。もしもし?」

酔っているらしい。紀子は必死で感情を殺して、いった。

「おかけ違いです」

「ええ？　本当かい？　冗談いってんじゃないの？　あんた奥さんだろ？」

「番号違いで――」

「わかったぞ。亭主とお楽しみのところを邪魔されて怒ってんだろう」

紀子は叩きつけるように受話器を置いた。急に涙がこみ上げて、こらえ切れなくなった。側のソファーにすわり込んで、すすり泣いた。

これほど寂しいと感じたことはなかった。いっそ正実が襲いかかって来てくれたら、どんなにか気が楽だろう。こうして、ただじっと待っているよりは……。

ハッとして、紀子は顔を上げた。――いまは電話が、通じるのだ！　彼にかけるのだ！

急いで受話器を取り上げた。発信音が聞こえる。紀子は東京のマンションの番号を回した。九つの数字が、ひどく長いように感じられる。回し終わって、息を殺して待つうちに、呼出し音がルルル……と耳にはいって来た。

「早く出て！……早く！」

思わず祈るように呟く。時間が時間だ。疲れて休んでいるのだろうし、すぐに出るはずもないが。――三度、四度、五度。

「出て、お願い！」

呼出し音が途切れた。

「もしもし！ ――もしもし！」

叫ぶような呼びかけに、返事はなかった。

「あなた！ ――もしもし！」

不意に気づいた。呼出し音が切れたのは、相手が出たからではないのだ。正実が、今度こそ本当に電話線を切ってしまったのだ。

やがて四時になろうとしている。

紀子は居間にすわったまま、じっと身動きひとつしなかった。

いまとなっては、もう逃げる気も、隠れる気もなかった。襲って来るのなら、いつでも来ればいい。こちらだって包丁はあるのだ。

互いに傷つけば、もう争う気力もなくなるだろう。そこまで紀子は考えを決めていたのだ。

もう少しすれば、外が明るくなって来る。そうなれば、この恐怖感も消えるだろう。

暗がりでは恐ろしいものでも、太陽の光の下ならなんということはないにちがいない。夜が明ければ、正実のほうも、殺意が失せて包丁を捨てるかもしれない。

ふと、紀子は眉《まゆ》を寄せた。

なんだろう？　何か、匂いがする。こげくさいような匂いが。——開いたドアの向こうに、何か白いものがモヤモヤと漂って来た。

煙だ！　——紀子は立ち上がった。火事！　正実が火をつけたのだ！

紀子は我を忘れて居間から飛び出した。廊下にもう白い煙が充満していた。台所のほうがいちばんひどいようだ。

「正実君！　どこなの！」

と紀子は叫んだ。火をつけて外へ逃げたのだろうか？　それとも家もろとも、彼女もろとも、一緒に死ぬ気かもしれない。

紀子は煙のひどいほうへと小走りに進んで行った。煙が目にしみ、咳込《せきこ》んだ。台所はもう何も見えなかった。裏口のドアが開いている。あそこから逃げたのにちがいない。

紀子は煙を突っ切って、裏口から外へ出た。ゴホン、ゴホンと激しく咳をして、目をこすった。周囲を見回したが、正実の姿は見えない。どこに隠れているのだろう？

刺し殺そうと思えば、いくらでも機会はあったのに、なぜやらないのだろう？　猫がネズミをいたぶるように、弄《もてあそ》んでいるつもりなのだろうか？

火事のほうをどうしようか。紀子は庭へと流れ出して来る煙から逃げて、ジリジリとあとずさりした。

そのとき、

「キャーッ！」

という悲鳴が頭上で起こった。ハッと見上げると、正実の部屋のバルコニーで、何かが燃え上がっている。

紀子は息を呑《の》んだ。——正実だ！　正実が火だるまになって立っている。凍りついたように立ちすくむ紀子の目の前で、燃え上がる人間がバルコニーの手すりを越えて地面へ落ちて来た。

「正実君！」

赤々と燃え上がって、あたりを照らし出した。とても近づけない。紀子は台所の煙の中へと取って返すと、窓のカーテンを引きちぎった。それを持って駆けもどると、火の上へ覆いかぶさるようにして布を叩きつけた。火が手をこがし、髪を焼いたが、構わずに、必死で火を消そうとした。そして——突然、気づいた。

燃えているのは、人形だった。

台所の煙は、もう薄らいでいた。ブリキの罐《かん》を置いて中に木片や紙やプラスチックをつめて、燃やしていたのだ。

四時半。――少し空が白みかけて来ていた。

紀子は火傷《やけど》でひりひりする手を、水道の水に浸して、痛みをこらえて目を閉じた。涙が頬《ほお》を伝った。煙がしみたせいばかりではなかった。

不意に、明かりがついた。もう明るくなって来るころだというのに。

「ご苦労様」

インターホンから正実の声がした。

「やけどしたかい？」

「ええ、少しね」

「きれいな顔は大丈夫だった？」

紀子は、不思議に怒りを感じなかった。

「あなたは頭がいいわ」

「ありがとう」

「まだ私を殺さないの？」

「急ぐことないさ」

「そうね……」

紀子は微笑んだ。

「その気になれば、いつだってできる、でしょ？」

「まあね」

「あなたって……」

「頭が変だっていうんだろ」

「それはわからないわ。まあ、あまり普通のこどもじゃないわね」

「そうさ」

いまごろわかったのか、といいたげな口調だった。

「でも、可哀《かわい》そうだと思うわ」

「どうして？」

「わからない。でも気の毒だと思うのよ。本当に」

「殺したって牢屋《ろうや》へはいるようなドジはしないよ」

「そんな言葉、テレビで覚えたの？」

「まあね」

「そうね。……あなたなら、私を殺して、なんとかうまくいい逃れもできるかもしれないわ」

「そうだとも」

「でも、やっぱり気の毒だわ」

「どうして？」

「私を殺したって、また別の女の人が現れるわ。あなたのパパはとてもハンサムで、すてきな人だもの。——その人も殺すの？　ふたりでも、三人でも？」

「さあね」

「きりがないわよ。そしてそのうちに、パパだって、あなたのしていることに気づくでしょう」

「パパはぼくを信じてるよ」

「そうかしら？」

「決まってるじゃないか！」

と腹立たしげにいった。

「パパはいつもあなたのことを、むずかしい子だっていってるわ。あなたが普通でないのを、少しは気づいているのよ」

「嘘《うそ》だ！」

「嘘じゃないわ。私が刺し殺されたと知ったら、きっとあなたの話を疑ってかかるでしょうね」

「そんなこと、あるもんか！」

「まあいいわ。そのときになればわかるわよ」

正実は沈黙した。

「――さて、次はどんな手で私をいじめるの？」

「教えちゃつまらないさ」

といって、正実は低い声で笑った。


五時になって、外はすっかり明るくなっていた。

紀子は玄関のドアを開けて、ポーチへ出た。少し湿った朝の大気が、重かった頭をすっきりさせてくれるようだった。

朝になってしまうと、何もかもが悪夢だったかのようで、本当に起こったことだとは信じられなかった。しかし、額《ひたい》の傷、手の火傷《やけど》、それは消しようもない現実だ。

紀子は、このまま私道を出て、林の中を歩き、国道まで出ることもできた。そこで車を止め、警察まで行ってもらう。それとも、あのボックスから電話をすることもできる。

しかし、なぜか、紀子はここから出て行く気にはなれなかった。——まだ危険は去ったわけではない。正実自身が、そういっているのだから。

それでも、紀子の気持ちは平静であった。

一度は怒り狂い、恐れおののき、相手を殺しても生きのびようと思ったのに……。いまは、平和だった。なぜだろう。自分でも、その理由はわからないままだ。

しかし、ともかく、こうして平然とポーチに立っていられるのは現実だ。ドアのほうに背を向けて。——いまにも正実が包丁を手に、背後に迫っているかもしれない。

だが、紀子は気にならなかった。

「正実君」

紀子は独《ひと》り言《ごと》をいった。

「私をもうこわがらせることはできないわよ。殺すことはできてもね」

「何をしてるんだ？」

玄関の内側のインターホンから正実の声がした。

「朝になったから、空気を吸いに出たのよ」

紀子ははいってドアを閉めた。

「逃げ出そうと思ってたんじゃないのかい？」

「いいえ」

「どうして？」

「こわくないもの」

「フン、どうせぼくをこどもだと思ってるな。朝になりゃ大丈夫だって」

「そうじゃないわ。本当よ。あなたの気は変わらないんでしょう」

「あたりまえだよ」

「そう。でも、もう怖くないわ。死ぬことが怖くなくなったのよ」

「どうして？」

「自分でもわからないの」

「いまに青くなって腰を抜かすさ」

「どうかしらね。――コーヒーをどう？　私がいれるわ。睡眠薬抜きでね」

「いらないよ」

「そう？　よかったらご指定の場所へお運びしますよ」

と紀子はちょっとおどけていった。

「――じゃ、もらうよ」

「そう！　うんとおいしくいれるわ」

台所へ行くと、紀子は湯を沸かし、ブルーマウンテンの豆を挽《ひ》いて、ドリップでコーヒーをいれた。

「どちらへお持ちしますか、お坊っちゃま？」

「階段の下に置いといて」

用心深そうな声が答えた。

「かしこまりました」

盆にカップをのせ、熱いコーヒーを注いだ。ミルクと角砂糖を添え、階段の下へ運んで行き、そのまま置いて台所へもどった。

自分のコーヒーをゆっくりとすすった。

「我ながらいい味だわ」

と呟いてから、

「いかがですか、お味は？」

とインターホンのほうへ呼びかけた。ややあって、

「なかなかうまいよ」

と返事が返ってきた。

「そう？　うれしいわ」

「コーヒーは……」

といいかけて、正実はためらったようだった。

「どうしたの？」

「いや……コーヒーのいれ方だけは、ママよりうまいや」

と正実はいった。——紀子はふっと胸が熱くなるのを覚えた。

「正実君」

紀子はいった。

「私たち……やり直してみない？」

インターホンは沈黙していた。

「何もなかったことにして……。できないかしら？　——べつに命が惜しくていうんじゃないのよ。あなたまで、一生を台なしにしてしまうのが残念なのよ。そうじゃない？　あなたにはまだ、五十年も六十年も人生が残ってるのに、私みたいな女を殺して、それを捨ててしまうつもり？」

沈黙。

「どう？　考えてみない？」

紀子の言葉に、インターホンは、相変わらず沈黙したままだった。——無理強《じ》いはすまい、と思った。すぐに反発して来ないだけでも、大きな変化だ。

「——飲み終わったら、そのままそこに置いておいてね」

と紀子はいった。

「もうちょっとゆっくり飲ませてね。生涯最後のコーヒーかもしれないんだから……」

紀子はゆっくりとコーヒーを飲みほした。

台所の電話が鳴り出して、紀子はびっくりした。

「電話、直したの？」

「うん」

「器用なのねえ！」

本心からそういって、紀子は受話器を上げた。

「はい」

「やあ、朝っぱらからすまない」

「あなた！　――いま、どこ？　ずいぶん声が近いけど」

「国道の角の電話ボックスさ」

「本当？　いったいどうしたの？」

「うん。仕事は昨晩でかたづいてね。早くそっちへ行きたいと思いはじめるとじっとしていられなくなったんだ」

「そうなの……」

思わず声がつまった。

「どうした？　何かあったのかい？」

「い、いいえ……。そうじゃないの」

「ずいぶん早起きじゃないか」

「そうなの。あなたが電話してくるような予感がしたのよ」

「ハハ……。調子がいいね」

「早くもどって来て」

「うん、そう十五分もすれば着く」

「待って。――お腹すいてる？」

「そうだな。いわれてみればすいてるはずだなあ」

「他人事《ひとごと》みたいなこといって」

「きみの顔を見たらきっとすくよ」

「どういうこと？」

紀子は笑っていった。

「じゃ、何か簡単に用意しておくわ」

「頼む。それじゃ、あとで」

「ええ」

紀子は受話器を置こうとして、プツンと音がするのを耳にとめた。インターホンのほうへもどって、

「聞いてたの？」

「ああ」

「私、何もいわなかったわよ」

「どうしてさ？」

「いいたくなかったの。それだけよ」

「――手の火傷や人形をどうするのさ？」

「なんとでもいえるわよ。料理をしてて火傷したっていえばいいわ。私、もともとお

っちょこちょいだもの」

「人形は？」

「燃えて灰になってるでしょう。あとで踏みつけておけばわからないわよ」

正実は黙ったままだった。

「あと十五分しかないわよ」

「わかってる！」

「私を殺すか、どうするか。――あなたに任せるわ」

「……わかったよ」

「私、おとうさんに食べるものを作るわね」

「うん」

紀子は、ハムエッグを作り、コーヒーをいれた。

正実はやって来なかった。――紀子は、爽《さわ》やかな気持ちだった。自分が勝ったのだ。

いや、勝敗の問題ではないが、ともかく、一夜の戦いを生き抜いたのだと思うと、スポーツで全力を尽くしたあとのような快い疲れを感じた。

からだはだるかったし、手の火傷も痛んだが、気分のいいことはこの上もなかった。

「正実君」

ともう一度呼びかける。

「あなたも何か食べる？」

少しして、

「そうだね……」

とためらいがちの答え。

「じゃ目玉焼き」

「片目？　両目？」

「両目」

「本当の両目でね」

「ああ」

紀子は卵を出して、フライパンへ落とした。——ちょうどいいくらいに固まったときだった。

「パパの車だよ！　車が見える！」

とインターホンから正実の声がした。紀子はガスの火を消した。——玄関のほうに、車の止まる音がして、続いて車のドアが開き、閉まる音。そして玄関のチャイムが鳴った。

「はーい！」

大声で返事をして、紀子は玄関へ向かって走り出した。彼が帰って来た！　飛び立つような足取りだった。

「お帰りなさい！」

といいながら玄関のドアを開けて——紀子の笑顔が凍りついた。

正実が立っていた。足元に、テープレコーダーが回っている。正実の手は大きな包丁をしっかりと握りしめていた。

玄関のわきのインターホンで声をかけておいてから、表へ出て、テープに入れてあった車の音を聞かせ、チャイムを押したのだ。

紀子は息を吐いた。

「あなたの勝ちだわ」

といって、正実を見た。

正実はこどもっぽく見えた。一夜のうちに、正実のことを、もっと恐ろしい形相の殺人鬼だと思い込むようになっていたのだ。

だが、目の前に立っているのは、十一歳の少年そのものだった。

「早く刺したら？　——本当にパパが来るわよ」

と紀子はいった。

「どうして逃げないのさ！」

と正実が叫ぶようにいった。

「どうして怖がらないんだ！　どうして包丁を取り上げないんだよ！」

「約束したもの。――私を殺すかどうか、あなたに任せる、って」

正実が両手で包丁を握りしめた。――そして、思いがけず、正実は泣き出した。

包丁が手から落ちて、ポーチの床に突き立った。

正実は両手で顔を覆って泣きつづけた。紀子はそっと少年の肩に手をのばした。指先が触れたとき、正実はビクッとからだを動かしたが、そのまま紀子へ抱きついて来た。

紀子は力いっぱい、少年を、我が子を、抱きしめた。

そのとき、クラクションの音がして、涙にうるんだ紀子の目に、緑のＢＭＷが私道を走って来るのが映った。

殺してからではおそすぎる

「弘美《ひろみ》にそんなことできるわけないじゃんか！」

「そうよね」

「できたら逆立《さかだ》ちして町中歩いたげる」

「私だって、オールヌードで学校へ行ってみせるわよ」

「久美子《くみこ》のヌードなんて、だれも見たがんないわよ！」

キャッ、キャッ、とけたたましい笑い声。

「わかったわよ！」

弘美は、ことここに至って、もう我慢していられなくなった。

「あとで泣きごと言ったって、知らないから！」

と、タンカを切って、フルーツパーラーを飛び出した。

弘美がクリームミツマメを半分も食べ残して出て来てしまうというのは、正《まさ》に前代《ぜんだい》

見聞《みもん》の珍事《ちんじ》である。正直なところ、パーラーを出ながら、

(もったいなかったな。全部食べてから怒りゃよかったな……)

と思ったのは事実だった。

しかし、怒るにはやはり、タイミングというものが必要であり、一時間もたって怒ったのでは、その効果はまるで失われるのである。それに、ミツマメを残して出て来たことで、自分がいかに怒っているのかを、クラスメートたちに知らしめようという気持ちもあった。

あまり効果のほどはあてにできないが。

村井《むらい》弘美は都立N高校の二年生。美人、というほどでもないが、まずはちょっとかわいい女の子である。

それでいて、あだ名が『ブキミ』というのは——『無気味』なのではなくて、『不器用な弘美』をつづめた名前なのだ。

成績だってそう悪くはないのに、みんなにいつもからかわれる立場にあるのだから、全く損な立場である。ただ弘美の不器用なことは、やはり当人とて認めざるをえないわけで、小学生のころから、工作の時間が、弘美にとっては『魔の時間』であった。

釘《くぎ》を打てばそっぽを向くのはいいほうで、手のほうを数多くぶっ叩くし、竹ひごを口

ーソクの火にかざして曲げようとして、指をやけどするし、鉛筆を削《けず》れば爪を削って、いっこうに鉛筆の芯《しん》は出て来ないし……。

「なんで、こんな簡単なことができないの？」

母の浩子《ひろこ》も、中学生ぐらいまでは粘《ねば》り強く弘美にあれこれと教えたり、やらせてみたりしたのだが、いまでは絶望したのか、料理の手伝いもさせなくなった。

「弘美に包丁《ほうちょう》持たせたら、私の首を切られるかもしれないからね」

母親にこう言われちゃおしまいである。

もっとも、こういう弘美にも味方はあって、父親はひとり娘の弘美をこの上なくかわいがっているし、自分もどっちかというと、釘一本打てない口。弘美の不器用なのは、自分の血をひいているせいだという気があるせいか、

「人間、何か欠点がなきゃ、つまらんよ」

などと慰《なぐさ》めてくれる。でも、何か取《と》り柄《え》もなきゃね、と、弘美も一応反省はしているのだが。

きょう、クラスメートの関口《せきぐち》久美子《くみこ》たちにばかにされたのは、やめておけばよかったのに、話の調子で、つい、

「私、いま、催眠術をかける稽古《けいこ》してるの」

などとしゃべっちまったせいなのである。

「弘美のことだから、自分に催眠術かけちゃうんじゃない？」

なんて、すっかりからかわれてしまった……。

言うんじゃなかったよな、全く。

後悔《こうかい》先に立たずとはよく言ったもので、あすが日曜なのはせめてもの救い。月曜になればクラス中にその話が伝わっちまっているにちがいない。

考えただけでも、弘美はウンザリしてしまった。

「元気出せよ」

と、言ったのは、弘美のボーイフレンドである佐川勇一《さがわゆういち》だった。

「落ち込んでんのよね、私」

と、弘美は言った。

勇一は、私立高校の三年生で、クラブ交流で知り合って、『秘めたる交際』が続いている。

といったって、なに、勇一にしてみれば弘美はてんでお子様なのであって、ＡＢＣなどという段階にはほど遠く、手を握《にぎ》ったこともない、清き付き合いなのである。

——ちっとも自慢にならないが。

勇一はなかなかハンサムで、女の子にも大いに人気があったから、弘美も、勇一を本気で恋人にしようとは思っていなかった。いわば、分《ぶん》を心得ているのである。

ふたりは、弘美の家の近くの喫茶店にはいっていた。

「それで、どうやるんだい？」

と勇一がきいた。

「なんのこと？」

「催眠術さ」

「いやだ！　勇一さんまで私をからかうのね！」

と、にらみつける。

「からかってなんかいないよ。本当にかけたことあるの？」

弘美はちょっとためらって、

「まだ、ないの」

「なんだ。それじゃ腕前のほどはわからないじゃないか」

と勇一は笑って、

「――よし。ぼくにかけてみろよ」

「ええ？　いやあよ、また笑うから！」

と、弘美は首を振ったが、勇一に何度も言われて、仕方なく、

「じゃ、本当に笑わないでね」

と、ポケットから、金のペンダントを取り出した。

金のといっても、本物じゃない。ブリキの安物である。その鎖《くさり》を持って、ペンダントを、勇一の目の前十五センチほどの所にぶら下げる。

「これをよーく見ていてね」

「オーケー」

勇一はまじめくさった顔で、座り直した。

「あなたはこれに心を奪われます……だんだん、自分を失います……」

なんだかやっているのがばからしいような、てれくさいような気分だったが、勇一がせっかくまじめに実験台になっていてくれるのだから、と続けた。勇一の瞼《まぶた》がしだいに下がって、閉じた。

無理しちゃって、勇一さん。弘美が笑いたいのをこらえていた。

「――あなたは、目を開いたら私の言うとおりにしなさい」

と、弘美はおごそかに言った。

「私のことばをばかにした関口久美子を始め、クラスメートたちをひとり残らず殺し

て来なさい」

と、弘美はひとりひとりの名前をあげた。文化祭のときに、会ったことがあるし、近所なので勇一も彼女たちのことはよく知っている。

「わかったね。じゃ、三つ数えたら目をあけて、さっそく命令を実行に移しなさい」

弘美はペンダントをポケットへしまい、

「一、二、三！」

と、声をかけた。勇一が目を開いた。

「ふふ……。名演技よ。ご気分はいかが？」

と吹き出しそうになりながら、弘美は言った。

勇一は、無表情な目で弘美を見ていたが、すっと立ち上がると、出口のほうへ歩き出した。

「勇一さん！　どこに行くのよ？　――ねえ、怒ったの？　勇一さん！」

弘美は呼びかけたが、勇一はふり向きもせずに、店を出て行ってしまった。

「もう！」

弘美はプッとふくれて、

「自分でやってみろって言ったんじゃないの！　怒るなんて勝手よ！」

と文句を言っていたが、やがてため息をついた。

ばかな真似をして、結局勇一まで怒らせてしまった。——ああ、救いがたい！

「もう、こんな物！」

と、ポケットからペンダントを出すと、テーブルへほうり出した。それが床へチリンと音を立てて落っこちると、どこかのこどもがヨチヨチ歩いて来て拾い上げる。

「あげるわね、坊や」

二歳かそこらのこどもは、ニコニコしながら、そのペンダントをいじくり回している。

弘美は、席を立とうとして、伝票がそのままなのに気付いた。勇一さん、いつもちゃんと払ってくれるのに……。そんなに気を悪くしちゃったのかなあ。

ますます意気消沈《しょうちん》して、弘美は乏しい小遣いから、ふたりのコーヒー代を支払った。

表はちょっと寒い風が吹いていて、もうかなり暗くなっている。弘美は、コートのえりを立てて、歩きだした。

惨《みじ》めな気分にはピッタリの天気だった。

殺人者の顔

「じゃ、バイバイ」

関口久美子は、雑木林の中から出て来ると、ボーイフレンドの克次《かつじ》に手を振った。

「おい、送って行こうか？」

革ジャンパー姿の克次が声をかけると、もう歩き出していた久美子は、

「平気よ、すぐそこだもん」

とふり向きながら答えて、そのまま歩いて行ってしまった。

克次はその後ろ姿を見送っていたが、やがてヒョイと肩をすくめた。

久美子は、ちょっと寂しい裏道を足早に歩いていた。――学校ではまじめな優等生で通っている久美子だが、陰《かげ》ではタバコもやるし、酒も飲める。暴走族の克次とも、もう三カ月近い仲だった。

「ああ寒い」

外で逢《あ》いびきって季節じゃないね、と久美子はハーフコートのポケットに手を突っ込んで身を縮めた。

もうだいぶ暗くなりかかって、特にこの雑木林と、なんだかの研究所とかいう広い建物の塀《へい》に挟《はさ》まれた道は、痴漢が出るので通らないようにと学校から注意されるほどなので、実際以上に薄暗い感じがした。

しかし、久美子にしても、度胸《どきょう》はある。こどもじゃあるまいし、こんな所ぐらい怖がってどうするの。

林の中から不意に人影が飛び出して来て、さすがに久美子もギョッとした。

「だれ！　――だれなのよ！」

と叫ぶように声を出す。

前に立ちふさがるように立っていた男は、ゆっくりと近付いて来た。暗くかげっていた顔が、薄明かりの中に出て来ると、じっと探るように見ていた久美子が、ホッと息をついた。

「なんだ、びっくりした――」

言い終えないうちに、久美子の首へ手が伸びた。男の両手ががっちりと久美子の首を挟んだ。

「何よ……やめて……はなして……」

声は、ラジオのボリュームを絞り切るように消えた。久美子は男の手をつかんで引き離そうとしたが、むだだった。男が久美子にのしかかるようにして、彼女を地面へ押し倒した。

久美子の指が虚空《こくう》をつかんでもがいた。やがて、動かなくなると——パタリと地面に落ちた。

男は立ち上がると、よろけるような足取りで立ち去って行った……。


「弘美、元気ないね、どうしたの?」

母親の浩子が、夕食を半分も食べ残して立ち上がった弘美へ、心配そうに声をかけた。

「具合でも悪いの?」

「なんでもないわよ。食欲ないの」

と、弘美は自分の部屋へ引き上げてしまう。

「変ねえ……」

浩子は、ひとりになると、そう呟《つぶや》いた。夫は仕事でいつも帰りは夜九時ぐらいになるのだ。

弘美もそろそろ、年ごろだから……と、浩子は思った。それにしても、弘美の健康状態を、浩子はいつも、その食欲で見ている。いままでの基準で行くと、弘美が夕食を半分も残すというのは、かなりの重症で、即入院——というほどではないまでも、要注意の状態なのである。

「まさか……」

こどもでも出来たんじゃないでしょうね、と考えついて、浩子は青くなった。

そのとき電話が鳴った。——浩子が急いで居間へはいって取る。弘美のクラスメートのひとり、吉田充子《よしだみつこ》だ。

「——弘美。吉田さんから電話よ！」

「はあい」

気のないようすで、弘美が出て来た。

弘美としては、さっき赤恥《あかはじ》をかいたばかりである。また何かからかわれるんじゃないかと思ったのだ。実際、ヒマな人が多いんだもんね……。

「もしもし」

「弘美？　大変よ！」

充子の声は、なんだか震えていた。

「どうしたのよ、いったい？」

「久美子が……久美子が殺されたのよ！」

「殺され……」

弘美は一瞬あっけに取られて、

「いやだ、冗談でしょ？　そんなばかな――」

「本当よ！　本当なんだってば！　あの研究所の裏の道で……首を絞められて……」

充子が泣き出した。充子はこんな名演技ができる子ではない。――久美子が殺された。

弘美はその場にへなへなと座り込んでしまった。

「どうしたの、弘美？」

浩子がびっくりして駆け寄って来る。

話を聞くと、さすがに浩子も息を飲んだ。

「まあ、なんてことかしら……。あの道は危ないっていつも言われてるのにねえ……」

「久美子の家へ行って来るわ」

「待ちなさい。いま行っても仕方ないわよ。警察に呼ばれて行ってるかもしれないしね」

そう言われればそうだ。弘美よりもさすがに浩子は落ち着いている。

弘美は部屋へもどって、しばし呆然と自分のベッドに腰をかけ、時のたつのもわからなかった。——久美子が殺された。

久美子はそうそう弘美と親しいわけではなかった。というより、久美子自身、あまり親友を作らないタイプだったのである。それに、いい子ぶっているが、けっこう陰じゃ遊んでいるなんて噂《うわさ》もあった。

しかし、ともかくクラスメートであり、仲間でもあったのだから、弘美にとっては大ショックである。

「あんなこと言うんじゃなかったなあ」

ベッドにゴロリと横になって、弘美は呟いた。勇一に催眠術をかけて、久美子たちを殺してこいなんて言ったのだ。どうにもあと味はよろしくない。

「——弘美」

と、浩子が顔を出して、

「お風呂へはいりなさい」

と言った。弘美としちゃ、それどころじゃない気分だが、お風呂をやめたって、久美子が生き返るわけじゃないのだ。

しぶしぶお風呂へはいって、出て来ると、浩子がまた電話に出ていて、

「あの、ちょっとお待ちください」

と、受話器を押さえながら、

「弘美、佐川さんのおかあさんよ」

「え？　勇一さんの？」

「きょう会ったんでしょ？」

「夕方ね。――どうして？」

「まだ帰らないんですって。どこかへ行くようなこと、言ってた？」

「べつに。知らないよ」

「そう。――変ね、あの人、無断でおそくなるような子じゃないのに……」

弘美はバスタオルをからだに巻いて部屋にもどった。――勇一さん、どこに行ってるんだろう？　そういえば、どこかへ行くも何も、黙って出て行っちゃったんだ。まるで催眠術が本当にかかったように――。

弘美の目が大きく見開かれて、思わず息を吸い込んだ。ぐっとバストが盛り上がっ

て、バスタオルがハラリと落ちたが、弘美はまるで気付かなかった。

「まさか……いくらなんでも……」

あの催眠術が、もし本当にかかったのだったら？　あれが勇一の演技でもなんでもなくて、本当に、弘美の命令を実行するつもりで出て行ったのだとしたら……。

弘美は真っ青になった。久美子が殺されたのは本当に偶然だろうか？　あれがもし——もし、勇一の犯行だったとしたら……。

「どうしよう！」

私も殺人犯ということになるんだわ、と弘美は思った。

いいえ！　責任があるのは私で、勇一さんじゃない！

あの人に罪をかぶせたりしちゃいけないんだ！

「ああ、とんでもないことしちゃった！」

弘美は、ハッとした。勇一に、なんと命令したのだろう？　——私のことをばかにして笑ったクラスメートをみんな殺せと言ったのだ！

「大変だ！」

弘美は部屋を飛び出した。

「おかあさん！　私、出かけて来る！」

顔を出した浩子が飛び上がった。

「弘美！　どうしたのよ？」

「いま、説明してるヒマがないの」

「でも裸でなきゃいけないの？」

弘美はあわてて部屋へ飛び込んだ。


吉田充子は、母親には止められたのだが、久美子とは比較的親しかったこともあって、じっとしていられなかったので、家を出て、久美子の家へと向かった。

といっても、ふたりの家は歩いて十分ほどの距離だし、べつに寂しい道というわけでもない。

えらく冷たい風に震え上がりながら、充子は先を急いだ。

大通りを歩いて行って、少し奥へと折れる。

この住宅街は、真新しくて、少し奥へはいるとまだ開発中の所があり、雑木林が残っているのだ。

ただし、久美子の家は、大通りから、ほんの五、六十メートルはいった所にあって、いたって便利だった。

『関口』と書いた表札がある。そこから細い路地を三十メートルばかりはいって行くと玄関なのだ。

家には明かりがついているが、静かなようだった。充子は路地を歩いて行った。道からはいるあたりと、玄関のあたりは照明があって明るいのだが、その途中、十メートルほどが、ちょっと薄暗くなっている。

いきなり、その暗がりから人の姿が前に立ちはだかって、充子は飛び上がった。

「キャーッ！」

幸い反射神経は抜群《ばつぐん》である。悲鳴を上げるより早く、Uターンして駆け出していた。

走って、走って……。息を切らしつつ、足を緩《ゆる》めると、みごと自分の家が目の前だった。

「充子」

と声がして、またキャッと飛び上がる。

「——あ、なんだ、弘美か、ああびっくりした！」

「どうしたのよ、いったい？」

「どうもこう も……いま……久美子の家へ行ったら……」

ハアハアと息を切らしながら、話をする。

「じゃ、だれかがその路地に?」

「そうなの……。ああ、怖かった」

「顔、見た?」

「いいえ、それどころじゃないわよ」

弘美は、ちょっと考えているようすだったが、急にスタスタと歩き出した。

「ねえ、弘美!」

と、充子が呼びかける。

「どこへ行くの?」

「久美子の所よ」

と答えて、弘美は足を早めた。充子がポカンとして、まだ肩で息をしながら見送っている。

暗がりの中に

弘美は、風の冷たさなど、いっこうに感じなかった。それどころではない。すれ違った会社帰りのサラリーマンが、びっくりしてふり返ったくらい、弘美は決死の形相《ぎょうそう》をしていたのである。

久美子は私が殺したも同じなんだ、と弘美は思った。——罪は償《つぐな》わなきゃならない。

もし、勇一さんが、待ち受けていたらどうしよう？　——催眠術を解くには、どうすりゃいいんだっけ？

かけるほうばかり読んで、解き方は読んでいなかった。だって本当にかかるなんて、思ってもいなかったんだからね……。

ともかく、頭から水でもぶっかけるか、トンカチでぶん殴れば大丈夫だろう、などとめちゃくちゃなことを考えていた。

といって、いま、コートのポケットには、トンカチなどはいっていない。勇一がた

とえ待ち伏せていたとしても、弘美は大丈夫なのだ。命令した殺す相手にはいってい
ないのだから。

しかし、催眠術にかかっていたのだと言っても、警察は信じてくれるだろうか？
勇一とて、自分が手を下して久美子を殺したと知ったら、苦しむにちがいない。
そうだ。そうなったら、ふたりで一緒に逃亡者になろう。ふたりして、警察の手を
逃れて、無人島にでも行って暮らそう……。

だんだん考えが空想へと発展してしまうのが十七歳である。

気が付くと、『関口』という表札の前に立っていた、——ここか。

この家にも、一、二度来たことはあるが、いつも昼間なので、夜はまるで別の家に
見える。

路地の中を、弘美はじっと見つめた。——中央の暗がりの部分は、確かに何も見え
ず、だれかがひそんでいても、全くわからない。

しばらく目をこらしていたが、弘美はひとつ深呼吸をすると、路地を進んで行った。

浩子は、弘美のことがどうも気になってならなかった。

あわてて飛び出して行った、あのようすは、どうもただごとではない。しかし、ど

こへ行ったのかもわからないのだから……。

「こういうときに限って、おとうさんはおそいんだから」

と、浩子がグチっていると、玄関のチャイムが鳴った。

「帰ったのかしら」

と出て行くと、立っていたのは、佐川勇一だった。

「あら、さっきお宅から――」

「ええ、急に学校の友人の所へ行かなくちゃならなくなっておそくなったんです。いま、家へ電話したら、母がお宅へ電話をかけたって言うんで、お詫《わ》びしようと思って」

「まあ、そんなことといいんですよ」

「ちょうどすぐ近くを通ったもんですからね。――弘美さんは……」

「それがね、関口久美子さんが殺されたと聞いて――」

「殺された？」

勇一は目を見張った。

「それは――本当ですか？」

「ええ。それで、お宅のおかあさんから電話があったあと……」

浩子が説明すると、勇一は当惑顔《とうわくがお》で頭をかいていたが、

「弘美さん、どこへ行ったんです?」

「さあ、それが……。久美子さんの所かとも思いますけど、何も言わずに出て行っちゃったので」

「あそこは、ここからどれくらいかかりましたっけ?」

「そうね、バスでちょっと……十五分ぐらい乗りますか」

「ああ、思い出した。玄関が奥まっている家でしたね。弘美さんと行ったことがある。

——どうも夜分にお邪魔しました」

「あの——」

と浩子が呼びかけようとしたが、もう勇一は駆け出して行ってしまった。

「どうなってるのかしら……」

浩子はため息とともに呟いた。


弘美は、一歩一歩、踏みしめるように進んで行った。心臓が高鳴り、あたかもティンパニーのごとく打ちはじめる。

暗がりへ足を踏み入れると、一歩一歩が、ますますテンポを落として来る。——そ

して、足を止めた。

人の気配がある。見えないのだが、そこに確かにだれかがいる。息づかい。服の、かすかにすれ合う音……。

弘美はゴクリとツバを飲み込んで、言った。

「そこにいるの……勇一さん？」

相手が身を固くするのが、気配でわかった。

「私よ……。弘美よ。――ねえ、そこにいるの？　返事をして」

影が動いた。地面の砂利がキリッと鳴って、その音は背後に回った。

「勇一さん！」

弘美はふり向いた。

うっすらと、男の輪郭《りんかく》が見えた。

「ねえ……。なんとか言って」

低く、息のもれるような音が断続的に聞こえて来た。――笑っているのだ。

弘美は全身が、すっと冷えて行くような気がした。勇一さんじゃない！

「だれなの？」

声は震えていた。

「おれは久美子の恋人だったんだ」

男の声は、呟くように、かすれていた。

「何してるの、そこで？」

「あいつ、ほかの男に乗り換えようとしていやがった……」

「あんた……だれなのよ」

弘美はジリジリとあとずさった。

「久美子はおれが殺した」

弘美は短く悲鳴を上げた。

「おまえも殺してやる。どうせみんな同じだ。久美子の仲間なら同じだ」

「やめて！」

駆け出したかった。しかし、足がすくんで動けないのだ。声を出そうにも、喉《のど》がこわばって出て来ない。

首に、男の手が触れた。

「いやっ！」

必死だった。男の手に力がはいる前に、思い切りかみついた。

男が呻《うめ》いた。弘美はふり払って、久美子の家の玄関へ向かって走り出した。三歩と行かないうちに、足首をつかまれて前のめりに倒れる。いやというほど地面で額《ひたい》を打った。痛みで目がまわった。男の体重が、うつ伏せになった弘美の上にのしかかって来て、首を今度はがっしりと男の両手が捉《とら》えた。

声も出ない。気が遠くなりそうだった。——死ぬのかしら、と思った。

あすの宿題、まだやってない、と思った。次の瞬間、激しい衝撃が加わって、男のからだがふっ飛んでいた。

「大丈夫か！」

勇一の声がした。——とたんに弘美は気を失ってしまった。

「——克次って暴走族でね。久美子さんは遊び相手にしていたが、克次のほうはかなり本気だったんだな」

あの喫茶店である。勇一が、コーヒーをゆっくりかき混ぜながら言った。

「で、自分の気持ちを言うと、久美子さんが大笑いした。ばかにされたと、克次はカッとなったんだな」

「でも、それがどうして路地にいたの？」

と弘美がきいた。

「殺したものの、やはり久美子さんのそばを離れられなかったらしいよ。そこへきみが来た。きみも久美子さんと同類だと思ったんだ」

「もうちょっとおそかったら死んでいるわね」

そう言って、弘美はてれたように笑った。

「ばかみたい。あんな催眠術、かかるはずないのに……」

「ぼくもやりすぎたよ。ちょうど財布を忘れちまっててね。きみに払ってくれとも言いにくくてさ」

「ひどいじゃないの！」

にらんでから、弘美は笑い出した。

「でも、催眠術なんかかけなくても、ぼくはきみの頼みならきいてあげたのに」

「本当に？」

弘美は思いがけない言葉に頬を染めた。

「本当だとも」

勇一はそう言って、弘美に笑いかけた。

勇一の微笑みの効果は、催眠術を遥《はる》かに上回る効果があるようだった。

その夜、浩子は、夫に相談を持ちかけた。

「ねえ、弘美のようす、おかしいのよ。きょうはなんだかポーッとして帰って来て、何を言っても返事しないし……」

「熱でもあるんじゃないか？」

「そうねえ。あすは学校休ませようかしら……」

と浩子は娘の部屋のほうを見ながら、不安げに息をつくのだった。

解説

山前 譲

この『一番長いデート』は一九八二年十一月に刊行された、赤川次郎さんにとって五十六冊目のオリジナル著書です。最初の一冊は一九七七年六月刊の『死者の学園祭』ですから、本書は最初期のものと言えるでしょう。そして五十六冊目までを長篇と短篇集という視点から分類してみると……な、なんとフィフティフィフティなのです。じつにバランスのいい（?）創作活動ではないでしょうか。

『一番長いデート』では特筆すべきことがあります。収録されている三作のテイストが異なり、それぞれがデビューして間もない頃の赤川作品の作風を語っているのです。つまり本書を読めばあなたも赤川通になれる！　強引に結論づけてしまいましたが、ではそのへんを分析していきましょう。

「一番長いデート」の坂口俊一は私立大学の一年生、何の取り柄もありませんが、性格の素直さだけは自慢できるようです。その日、彼はデートでした。といっても、その相手は自分の恋人ではありません。うっかり同じ日にデートをふたつ約束したとかで、同級の竹本からひとつ譲られたのです。でも、そこで怒るような坂口ではありません。引き受けて決められた待ち合わせ場所へと向うのです。

一方、闇の世界に身を置く凸凹コンビが、居酒屋で拳銃を前にして悩んでいました。ある人物の暗殺を命じられます。しかしふたりにはとてもやりとげる度胸はありません。そこで思い付いたのが、誰か代わりにやってくれる奴を見つけることでした。そんな計画に坂口とそのデートの相手が巻き込まれてしまうのです。

この短篇は無声映画の時代に端を発するスラップスティックコメディと言えるでしょう。ユーモアたっぷりの展開が楽しめます。〝僕の作品はユーモアミステリーと呼ばれることが多いのですが、作者としてはあまりその意識はありません。重苦しい犯罪を扱うのですから、その救いとして、多少軽妙な味付けを、と思っているのです〟と『ぼくのミステリ作法』には書かれていますが、初期の赤川作品には「ユーモアミステリー」とラベリングされたものが多かったのは間違いありません。当時の日本のミステリー界にそのジャンルの作品が少なかったことの証拠でしょう。

スラップスティックコメディの長篇なら、六冊目の著書である『ひまつぶしの殺人』（一九七八）に始まる早川家のシリーズをまずお薦めします。母が泥棒、兄が殺し屋、妹が詐欺師、弟が警察官、そして唯一みんなの秘密を知る次男が弁護士というのですから、とんでもない設定です。

一九八〇年刊の『盗みは人のためならず』の今野夫妻のシリーズも、夫は希代の泥棒で妻は警視庁の敏腕（？）刑事といういわば水と油のカップルの、ユーモアたっぷりのやりとりが楽しめます。シリーズは二十作を超えましたから、これも必読の赤川作品と言えるでしょう。

次の「孤独な週末」は新婚早々の紀子が味わう三日間の恐怖です。彼女は秘書として仕えていた、そして十歳年上の小杉紳吾と結婚しました。週末、新婚旅行代わりに向ったのが軽井沢の山荘です。小杉は再婚で、前妻とのあいだの子供である十一歳の正実も一緒でした。

ところが小杉に会社から電話があり、仕事があると東京に戻ってしまうのです。紀子はまだよく知らない正実と過ごす週末に不安を覚えましたが、それは現実のものとなってしまいました。山荘にいるはずの正実が姿を現さず、次々と悪戯《いたずら》を仕掛けてくるのです。

アガサ・クリスティ『そして誰もいなくなった』のような孤島ではないにしても、閉塞的な空間である山荘で紀子が恐怖を募《つの》らせていきます。閉塞状況はミステリーにおけるサスペンスの基本中の基本でしょう。

こうした設定は、赤川作品ではとくに初期の作品において目立っていました。実質的な長篇第一作である『マリオネットの罠』（一九七七）の森の館以下、財界の実力者の邸宅を舞台にした『死者は空中を歩く』（一九七九）、猛吹雪のなかロッジから人が消える『死体置場で夕食を』（一九八〇）、大財閥の当主の屋敷に家族が集う『いつか誰かが殺される』（一九八一）、森の奥の山荘で独り暮らしをしている老人の生活が脅かされる『黒い森の記憶』（一九八一）といった長篇があります。ヴァイオリン・コンテストの出場者が豪邸にカンヅメになる『三毛猫ホームズの狂死曲《ラプソディー》』（一九八一）もひとつのバリエーションと言えるでしょう。

紀子は山荘からの脱出も試みますが、やはり正実のことが気になるのでした。しかし彼の行動はだんだんエスカレートしていくのです。その正実の子供らしからぬ悪意――それはアンファン・テリブルというひとつのジャンルとして確立されています。日本語で言えば「恐るべき子供」となります。かならずしも無邪気とは言えない子供たちは、『充ち足りた悪漢たち』や『砂のお城の王女たち』といった赤川さんの短篇集でも描かれていました。

そしてとくに「孤独な週末」で注目したいのは〈軽井沢〉です。赤川作品で具体的に地名が示されることはほとんどありません。一九七六年発表のデビュー作「幽霊列車」は鄙《ひな》びた温泉とそこへ向うローカルな鉄道が印象的でしたが、それはミステリー的なトリックの成立のために設定された舞台でした。テレビドラマ化の際に大変困った、というエピソードが残されています。

もちろん都会を、たとえば東京ならば原宿などの具体的な地名が書かれている作品もありますが、それは象徴的なものでした。そして、〝もちろん、都会が舞台になると限ってはいない。山奥や、田園風景も、いくらも出て来る。しかし、これが、どう考えても日本の風景にならないのだ。／こんな場所、日本にあるわけないな、と思いつつ、書いている。自分自身が日本の農村や山の暮しを知らないので、「田園」とか、「山奥」といえば、つい外国映画で見た映像が頭に浮かぶのである〟（「幻のふるさと」）というのです。

だから、別荘地としてあまりにも有名な軽井沢を舞台にした「孤独な週末」は注目すべき作品なのです。ただ何事にも例外はあって、海外を舞台にした作品では具体的な地名、そしてその地の具体的な描写があります。さすがにゲームのような架空の世界を設定するわけにはいかないでしょう。なおこの作品は、徳間文庫既刊の短篇集『孤独な週末』にも収録されています。

そしてラストの「殺してからではおそすぎる」は催眠術を稽古しているという、高校二年生の村井弘美が主人公です。その弘美がボーイフレンドの佐川勇一に催眠術を試したことから、とんでもない事件に発展していきます。

初期の赤川作品で十六、七歳の女子高生を主人公にした作品がメインストリームであったことは誰もが認めるでしょう。一九七七年から一九八二年にかけて刊行された作品だけでも、『死者の学園祭』、『赤いこうもり傘』、『セーラー服と機関銃』、『幽霊から愛をこめて』、『幻の四重奏』、『青春共和国』などがあります。活発でそしてナイーブな世代が活写されていました。

これでこの短篇集『一番長いデート』が赤川次郎さんの著書のなかでも、じつに重要な位置にあることはお分かりいただけたでしょうか――いや、これはちょっと強引かもしれませんが、この一冊で赤川ワールドを堪能できるのは間違いありません。

二〇二四年四月

この作品は1982年11月集英社文庫より刊行されました。
なお、本作品はフィクションであり実在の個人・団体などとは一切関係がありません。

徳間文庫

一《いち》番《ばん》長《なが》いデート

2024年5月15日 初刷

著者 赤《あか》川《がわ》次《じ》郎《ろう》

発行者 小宮英行

発行所 株式会社徳間書店

東京都品川区上大崎三-一-一 〒141-8202
目黒セントラルスクエア

電話 編集〇三(五四〇三)四三四九
販売〇四九(二九三)五五二一

振替 〇〇一四〇-〇-四四三九二

印刷
製本 大日本印刷株式会社

ISBN978-4-19-894941-9 (乱丁、落丁本はお取りかえいたします)